Inhalt

Finalfieber

„Maldita sea!", murmelte Pablo und ließ seinen Rucksack auf den staubigen Bürgersteig sinken. Was hatte Francisco noch gesagt? Er wohnte im zweiten Stock, so viel war klar. Aber links oder rechts? Er hatte es vergessen. Typisch! Pablo starrte abwechselnd auf die Klingelschildchen mit der Aufschrift *2°- Izda* und *2°- Dcha*. *„Izquierda*, links, oder *derecha*, rechts?"*, überlegte Pablo. Dass Francisco mit Nachnamen Pérez hieß, half ihm jetzt wenig, denn – wie in Spanien üblich – gaben die Schilder über die Namen der Bewohner keinerlei Auskunft.

Da fiel sein Blick auf die riesige Fensterfront. Dahinter waren Stühle, Tische, an denen Menschen saßen, und eine Theke zu erkennen. Das musste die Bar von Franciscos Eltern sein. Sollte Pablo einfach hineingehen? Zum Glück schwang in diesem Moment die Haustür auf und sein Freund Francisco strahlte ihm mit einem breiten Grinsen entgegen.

„Da bist du ja endlich!", rief er und schob Pablo in den Hausflur.

„Hola!", grüßte Pablo erleichtert und hob seinen Rucksack auf.

„Ich dachte schon, du hättest dich verlaufen!", sagte Francisco und ließ die Haustür ins Schloss fallen.

„Das hätte ich auch ganz bestimmt, wenn ich den hier nicht gehabt hätte!", antwortete Pablo und schwenkte einen Stadtplan von Madrid durch die Luft. „War aber auch so schwer genug. Da lebt man seit seinem zweiten Lebensjahr in Madrid und kennt sich immer noch nicht aus."

„Madrid ist eben eine große Stadt!", erwiderte Francisco. „Auf jeden Fall bist du jetzt hier und unserem Übernachtungswochenende steht nichts mehr im Wege!"

„Bis auf die Vorbereitung für unseren Ausflug in den Prado am Dienstag!", erinnerte Pablo seinen Freund. „Wir sollen doch im Internet zu dem Museum recherchieren."

„Ach ja, richtig", murrte Francisco, während er Pablo den Flur entlang zur Treppe führte. „Trotzdem – das kann warten! Jetzt zeig ich dir erst mal mein Zuhause", rief er begeistert und sprintete vor seinem Freund die Stufen hoch. „Unsere Bar im Erdgeschoss hast du ja wahrscheinlich gesehen." Pablo nickte. „Die erste Etage vermieten wir an unser Personal. Kellner, Köche und so weiter. Und in der zweiten wohnen wir!" Mit diesen Worten stieß Francisco keuchend die angelehnte Wohnungstür auf und die Freunde betraten den dunklen Flur der Familie Pérez. Als Schutz gegen die warmen Sonnenstrahlen waren vor jedem Fenster die Läden geschlossen worden. Auch in Franciscos Zimmer war alles abgedunkelt. Nur hier und da bahnte sich das Sonnenlicht einen Weg durch die Fensterläden und malte ein schmales Streifenmuster auf die Fliesen.

„Meine Mutter hat schon das Bett für dich gemacht", erklärte Francisco und deutete auf eine Matratze mit Decke und Kissen, die neben seinem Bett lag.

„*Guay!*", rief Pablo, ließ seinen Rucksack auf den Boden plumpsen und warf sich auf die Matratze.

„Bist du auch schon so aufgeregt? Wegen nächstem Wochenende, meine ich?", fragte Francisco und zog einen Unión-Madrid-Schal von seiner Stuhllehne.

Als Pablo ihn verständnislos ansah, wedelte er damit in der Luft herum. „Na, das letzte Ligaspiel der Saison: Unión Madrid gegen Centro Barcelona. Das wird der reinste Krimi! Der Sieger wird spanischer Meister."

„Klar bin ich total gespannt!", gab Pablo zu. „Wann gibt's das schon mal, dass die beiden Tabellenführer im letzten Spiel gegeneinander antreten?" Er richtete sich auf. „Wollen wir auf den Sieger wetten?"

„Na, logisch!", antwortete Francisco. Nachdenklich kniff er die Augen zusammen und verkündete dann: „Vier zu zwei für Madrid!"

„Viel zu hoch! So viele Bälle lässt der *Portero* von Barcelona nicht ins Netz gehen!", widersprach Pablo. „Ich sage ... Zwei zu eins für Madrid!"

„Gut! Um was wetten wir?"

„Um die Ehre!", schlug Pablo vor.

Francisco wischte den Vorschlag mit einer Handbewegung weg. „Das ist doch langweilig! Der Verlierer trägt dem Sieger eine Woche lang die Schulsachen hinterher!"

„Abgemacht!", riefen die beiden und schlugen ein.

Als Francisco und Pablo drei Stunden später die Bar von Franciscos Eltern betraten, sprachen auch hier alle von nichts anderem als von dem bevorstehenden Spiel zwischen Barcelona und Madrid. Es war halb zehn und die Bar füllte sich langsam. Ein Stimmengewirr schlug den Jungen entgegen. An der Bar drängten sich die Gäste, tranken Wein und schoben sich ab und an eine Olive in den Mund.

„*Hola*, Francisco!", rief einer der Kellner hinter dem Tresen und lächelte die Jungen freundlich an.

„*Hola*, Ramón!", erwiderte Francisco. „*Qué tal?*"

Ramón hob die Schultern, während er sich damit abmühte, den Korken aus einer Weinflasche zu ziehen. „*Muy bien!*"

Pablo ließ seinen Blick durch die kleine Bar gleiten. Die Wand hinter Ramón war von oben bis unten mit einem Spiegel verkleidet. Davor stand ein Regal, in dem sich unzählige Weinflaschen stapelten. Auf dem kunstvoll geschnitzten Holztresen lag eine Marmorplatte, auf der alle möglichen Arten von *Tapas* hinter einer Glaswand standen, die die Gäste sich durch einen Fingerzeig aussuchen konnten.

„*Hola*, Julio!", winkte Francisco einem anderen Kellner zu, der – ganz in Schwarz gekleidet und mit langer weißer Schürze um die Hüften – ein Tablett durch die dicht an dicht stehenden Bargäste balancierte.

„Und das da ist mein Vater!", erklärte Francisco und zog Pablo zu einem kleinen dicken Mann mit dünnem schwarzen Schnurrbart. „*Papá*, das ist Pablo, mein Freund!"

Ein Lächeln breitete sich über das runde Gesicht von *Señor* Pepe. „Nenn mich einfach Pepe!", sagte er zu Pablo und legte ihm die Hand auf die Schulter. „Was magst du essen, Pablo? Es geht alles aufs Haus!"

Die Jungen quetschten sich durch die Menschenmassen hinter den Tresen. Dort lehnten sie sich an die Bar und schnappten sich die appetitlichen Häppchen, wie sie es gerade wollten. Allerdings mussten sie höllisch aufpassen, den Kellnern nicht im Weg zu stehen. Mit schnellen eingeübten Bewegungen servierte Ramón Wein, *Tapas*, *Paella* und *Pisto*. Während Pablo ihn dabei beobachtete, fiel ihm auf, dass dem Kellner am rechten Zeigefinger die Kuppe fehlte.

„... nächstes Wochenende geht der Fußballkrimi also in die letzte Runde. Denn dann wird sich sensationellerweise im letzten Ligaspiel entscheiden, wer spanischer Meister wird!", dröhnte plötzlich eine Stimme viel zu laut durch die Bar. Julio hatte die Lautstärke am Fernseher, der schon die ganze Zeit im Hintergrund gelaufen war, aufgedreht. Und nun schwärmte der Sprecher in den höchsten Tönen von den Leistungen der beiden Mannschaften.

Wie aus dem Nichts tauchte plötzlich eine junge Frau neben Pablo und Francisco auf. „*Idiota!*", schimpfte sie und zapfte sich eine Cola. „Oh, der macht mich noch komplett wahnsinnig, dieser bescheuerte José!"

„Pablo, das ist meine Schwester Carmen. Carmen, mein Freund Pablo!", stellte Francisco die beiden vor.

Dabei wäre Pablo auch von ganz allein darauf gekommen, dass Carmen Franciscos Schwester war. Denn sie hatte die gleichen Augen und das gleiche schwarze Haar wie ihr Bruder, auch wenn sie es länger und zu einem Pferdeschwanz gebunden trug.

„Hat José dir wieder einen Artikel weggeschnappt?", fragte Francisco und schob sich ein Sardellenfilet in den Mund.

Carmen ballte die Fäuste. „Nie darf ich über Unión Madrid berichten. *Fußball ist Männersache, Schätzchen*, hat dieser Idiot gesagt!"

„Reg dich doch nicht auf, Carmen", versuchte Ramón sie zu beschwichtigen, als er mit einem neuen Teller Tapas für die Auslage hinter die Theke trat. Er strich sich die kinnlangen Haare hinters Ohr. „Deine Stunde kommt noch!"

„Meine Schwester arbeitet als Journalistin bei der *Golear*!", klärte Francisco seinen Freund auf. Der bekam erwartungsgemäß wagenradgroße Augen. „Bei der *Golear*!" Die *Golear*! war *die* Sportzeitung und gehörte zu den beliebtesten Tageszeitungen Spaniens überhaupt.

„Ach, Ramón, das sagst du doch nur so!", seufzte Carmen. „Ist Mamá in der Küche? Ich muss mich mal bei ihr ausheulen!" Carmen stellte ihr Colaglas ab und warf einen Blick auf den Fernsehbildschirm, als sie plötzlich die Augen aufriss. „Ach, du meine Güte!", flüsterte sie.

Wen oder was hat Carmen entdeckt?

Eine erstaunliche Entdeckung

„Was ist denn da hinten?", drängte Francisco und reckte den Kopf. „Ich kann nichts Außergewöhnliches entdecken. Nun sag schon, Carmen, was ist los?"

Auch Pablo folgte Carmens Blick zum Fernsehbildschirm, auf dem gerade die Mannschaft von Unión Madrid zu sehen war. Ratlos hob er die Schultern.

„Ramón!" Carmen packte den Kellner, der gerade mit einer Portion *Paella* an ihnen vorbeimarschieren wollte, am Arm. „Für wen ist die *Paella*?"

„Tisch sieben", gab Ramón erstaunt zurück.

„Gib her! Ich mach das schon!" Mit diesen Worten schnappte sich Carmen die *Paella* und schob sich durch die Besuchertrauben.

Francisco kniff die Augen zusammen. „Was hat sie vor?" Ohne Pablos Antwort abzuwarten, zischte er: „Hinterher!"

„*Buenas tardes, señor!*", grüßte Carmen den Mann, der alleine über eine Zeitung gebeugt an Tisch sieben saß. „Du hast eine *Paella* bestellt?"

Jetzt hob der Mann den Kopf und lächelte Carmen freundlich an.

Francisco riss die Augen auf. „Siehst du, was ich sehe, Pablo?"

Stumm vor Staunen konnte Pablo nur nicken.

„Emilio Gutiérrez, der Stürmerstar von Madrid!", flüsterte Francisco. „In unserer Bar. Sitzt da einfach so rum!" Augenblicklich wurmte es ihn, dass seine Schwester den Fußballer vor ihm entdeckt hatte.

„*Buenas tardes!*", erwiderte Emilio Gutiérrez den Gruß, als Carmen die mit der *Paella* gefüllte Pfanne vor ihn stellte. „Genau. Wie immer eine *Paella*. *Gracias.*"

Für einen kurzen Moment zögerte Carmen, dann sprudelte sie plötzlich los. „Ich bin Carmen Pérez ..."

„Und ich bin Francisco Pérez und das ist mein Freund Pablo Martín", fiel Francisco ihr ins Wort. „Wir sind große Fans von Unión Madrid und natürlich von dir!"

„Meinem Vater gehört diese Bar hier und ich bin Journalistin. Ich schreibe für die *Golear!*", schob Carmen ihren Bruder zur Seite. „Ich weiß, du möchtest jetzt dein Essen genießen, aber ..."

„Dürfen wir ein Autogramm von dir haben?", plapperte Francisco aufgeregt dazwischen. „Hast du Autogrammkarten bei dir oder soll ich Papier und Stift holen?"

„... könnte ich wohl ein Interview mit dir führen? Bitte, das wäre sehr, sehr wichtig für mich!", quasselte Carmen ungerührt weiter. Es war der reinste Gesprächssalat.

Emilio Gutiérrez lehnte sich auf seinem Stuhl zurück und lächelte die drei amüsiert an. Dann breitete er die Arme aus und deutete auf die freien Stühle neben sich. „Setzt euch doch!"

„*Gracias!*", war die dreistimmige Antwort.

„Carmen und Francisco, ihr seid Pepes Kinder, nicht wahr? Pepe hat mir schon so viel von euch erzählt, dass ich fast das Gefühl habe, euch zu kennen. Und du Pablo, bist also ein Freund von Francisco?"

Pablo nickte und verknotete seine Finger nervös unter der Tischplatte. Das musste doch ein Traum sein! Unmöglich, dass er wirklich mit Emilio Gutiérrez an einem Tisch saß und dieser Fußballgott tatsächlich mit ihm redete.

„Ein Wunder, dass wir uns erst jetzt begegnen. Ich komme schon seit Ewigkeiten hierher. Eure Bar und die gute Küche haben es mir angetan!", schwärmte Emilio.

„Davon hat unser Vater gar nichts erzählt!", sagte Francisco und der vorwurfsvolle Unterton war nicht zu überhören. „Hätte ich gewusst, dass du hier regelmäßig isst, hätte ich meine ganze Klasse eingeladen und an der Tür Eintritt kassiert."

Da musste Emilio herzlich lachen. „Wahrscheinlich hat dein Vater genau deswegen dichtgehalten!"

„Wie sieht es denn nun mit meinem Interview aus?", hakte Carmen nach. „Es muss auch nicht lange dauern. Nur ein paar Fragen. Bitte!"

Sie schaute den Fußballer mit ihren dunklen runden Augen flehentlich an. Doch der schüttelte den Kopf. „Carmen, sei mir bitte nicht böse, aber ich muss ständig Interviews geben. Da möchte ich wenigstens beim Essen keine Fragen beantworten müssen. Deine Mutter macht die beste *Paella* der ganzen Stadt und auf die habe ich mich heute jede Minute gefreut. Also, bitte, hab Verständnis. Ein anderes Mal."

Aber so leicht entkam Emilio Carmen nicht. Dafür war sie eine viel zu gute Journalistin. „Gut!", erwiderte sie. „Wie kann ich dich erreichen?"

Emilio seufzte. „Aber nur, weil du Pepes Tochter bist!" Mit diesen Worten zog er einen Kugelschreiber aus seiner Brusttasche und kritzelte eine Nummer auf die Serviette. „Und weil du so schöne braune Augen hast! Aber bloß nicht an deine Kollegen weitergeben. Das ist meine private Handynummer!"

„Niemals!", versprach Carmen und strahlte von einem Ohr zum anderen. „Dann darf ich dich anrufen und einen Termin mit dir ausmachen? Danke!"

„Und jetzt fehlen noch die Jungs", lachte Emilio und förderte aus seiner Hosentasche zwei Autogrammkarten zutage. „Ein Autogramm bekommt jeder. Der Sohn von Pepe und sein Freund bekommen etwas viel Besseres."

Unter den freudigen Blicken der Jungen schrieb der Fußballstar eilig einige Worte auf die Autogrammkarten und drückte sie dann Francisco mit einem Lächeln in die Hand. „So, und jetzt lasst mich schnell essen, bevor die *Paella* noch ganz kalt wird." Er hielt kurz inne. „Und Jungs. Kein Wort an eure Freunde! Versprochen?"

„Versprochen!", gelobten Pablo und Francisco.

„Und ich rufe dich an!", sagte Carmen und drückte die Serviette mit der Handynummer an sich. Endlich, endlich konnte sie ihren Kollegen bei der Zeitung zeigen, dass Fußball keine reine Männersache war.

„Was hat er denn geschrieben? Nur seinen Namen? Dafür hat es zu lange gedauert", fragte Pablo neugierig, als sie zur Theke zurückgingen.

„*Dios mío!*", rief Francisco und warf einen dankbaren Blick zu Emilio zurück, der sich gierig über seine *Paella* hermachte. „Das musst du selber lesen, Pablo. Wenn ich es dir sage, glaubst du mir sowieso nicht!"

Pablo nahm Francisco die entgegengehaltene Autogrammkarte aus der Hand und ließ seine Augen über die krakelige Schrift wandern.

Gutschein für Pablo Martin über eine persönliche Führung durch das Trainingslager von Unión Madrid. Ich freue mich auf deinen Besuch. Emilio Gutiérrez

„Wow! Steht auf deiner Karte das gleiche?", fragte Pablo aufgeregt.

„Genau das gleiche – nur mit meinem Namen, versteht sich", antwortete Francisco, ohne den Blick von seinem persönlichen Gutschein zu wenden.

„Lass uns gleich morgen hinfahren. Meinst du, Emilio ist morgen dort? Wahnsinn! Hast du einen

Fotoapparat? Den müssen wir unbedingt mitnehmen!", sprudelte Pablo los und schon schmiedeten die beiden wilde Pläne für den nächsten Tag.

Es war schon weit nach Mitternacht, als Francisco in seinem Bett lag und seine regelmäßigen Atemzüge verrieten, dass er tief und fest schlief. Nur Pablo warf sich auf der Matratze unruhig von einer Seite auf die andere. Seine Schlaflosigkeit hatte nichts mit dem Verkehrslärm und dem Gelächter zu tun, die von der Straße durch das geöffnete Fenster drangen. Pablo war nur viel zu aufgeregt, um schlafen zu können. Morgen würden er und Francisco ins Trainingslager von Unión Madrid fahren und von Emilio Gutiérrez höchstpersönlich durch die Anlage geführt werden. Wenn das nicht der helle Wahnsinn war!

Pablo warf sich zum x-ten Mal auf die andere Seite und beobachtete gedankenverloren, wie das Scheinwerferlicht der Autos und Motorräder über die Zimmerwand glitt, während draußen unter dem Fenster ein Pärchen in atemberaubender Geschwindigkeit eine Diskussion über eine Diskothek führte. Pablo streckte die Hand aus und suchte den Boden neben der Matratze nach der Autogrammkarte ab. Endlich spürte er das glatte Papier unter seinen Fingern. Noch einmal musste er sich vergewissern, dass die Schrift noch da war. Vorsichtig drehte er Franciscos Nachttischlampe zu sich und knipste sie an. Tatsache! Emilio hatte nicht mit Zaubertinte geschrieben. Jedes Wort stand noch da. Pablo seufzte erleichtert auf.

„Was machst du denn da?", brummelte Francisco und beschattete zum Schutz gegen das Nachttischlicht seine Augen mit der Hand.

„Ich guck mir nur noch mal die Autogrammkarte an", gab Pablo zurück und drehte das Foto von Emilio hin und her.

„Da klebt was!", raunte Francisco.

„Hm?"

„Auf dem Rücken deiner Autogrammkarte klebt ein Zettelchen", erklärte Francisco, streckte sich und nahm dem verständnislosen Pablo die Karte aus der Hand. Auf der Rückseite klebte tatsächlich ein kleines Zettelchen. Neugierig kratzte Francisco daran herum. „Es ist wellig. Ganz so, als ob es nass gewesen und dann an der Autogrammkarte festgetrocknet wäre", erklärte er seinem Freund.

„Schmeiß es weg!", meinte Pablo, als Francisco das Zettelchen in der Hand hielt. „Und gib mir mein Autogramm zurück!" Geistesabwesend hielt Francisco Pablo die Autogrammkarte hin, während er versuchte, die verlaufene Schrift auf dem Zettel zu entziffern. Er warf sich auf den Bauch, glättete so gut es ging das Papierchen und drehte die Nachttischlampe zu sich. „Und das wolltest du wegwerfen!", rief er plötzlich aus.

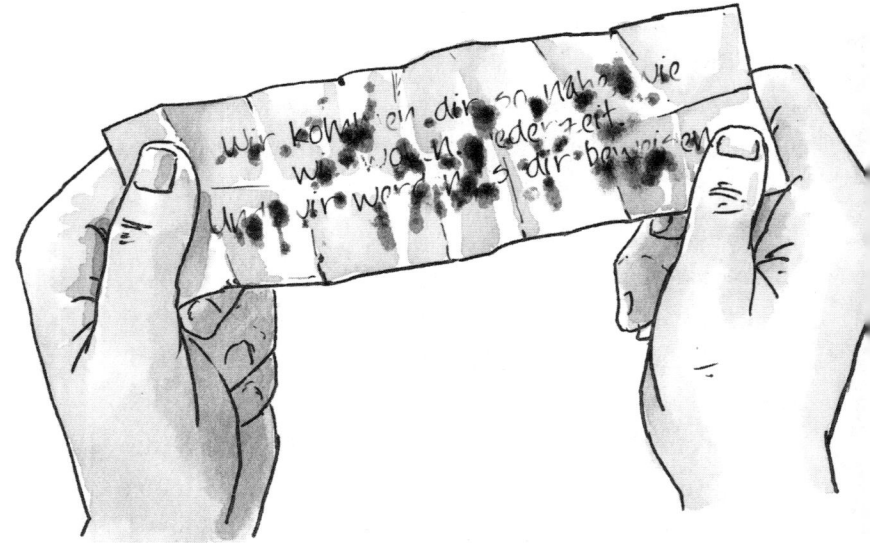

? *Was steht auf dem Zettel?*

Paella unter Verdacht

„Wieso?", wunderte sich Pablo und stützte die Ellenbogen auf. „Was ist denn mit dem Zettel?"

„Es ist zumindest komisch!", überlegte Francisco halblaut.

„Was denn?", bohrte Pablo nach. „Jetzt sag schon. Ich hasse es, wenn Leute Andeutungen machen und dann nicht sagen, was los ist."

Francisco rutschte von seinem Bett zu Pablo auf die Matratze und hielt ihm den Zettel unter die Nase. Während Pablo mit dem Finger dem Verlauf der verschwommenen Buchstaben folgte, schaute Francisco ihn mit kraus gezogener Stirn an.

„Puh!", atmete Pablo geräuschvoll aus. „Das klingt wie eine Drohung!"

Francisco nickte langsam. „Genau das denke ich auch."

Nachdem die beiden eine Weile nachdenklich geschwiegen hatten, sagte Francisco: „Aber warum bedroht jemand Emilio Gutiérrez?"

„Ja, meinst du denn wirklich, dass der Zettel an ihn gerichtet ist?", fragte Pablo. „Ich meine, du hast schon ganz recht, warum sollte ihm jemand drohen?"

Francisco zuckte mit den Schultern. „Keine Ahnung! Aber der Zettel klebte an seiner Autogrammkarte. Also würde ich mal vermuten, er hat den Zettel gefunden, gelesen und einfach in die Hosentasche zu seinen Autogrammkarten gesteckt – und dort vergessen. Was wiederum vermuten lässt, dass er die Drohung nicht allzu ernst nimmt."

Francisco schüttelte den Kopf und kletterte in sein Bett zurück. „Komische Sache!", murmelte er.

„Das kannst du wohl laut sagen", stimmte Pablo ihm zu und gähnte. „Wahrscheinlich hat diese Nachricht gar nichts zu bedeuten. Ein blöder Scherz vielleicht. Oder irgendwelche verrückten Fans." Er knipste die Nachttischlampe aus. „Lass uns jetzt schlafen. Morgen sehen wir die Sache bestimmt viel klarer."

Als die Jungen am nächsten Tag verschlafen in der Bar auftauchten, waren schon wieder viele Tische besetzt. Madrilenen und Touristen, die unschwer an ihren Fotoapparaten, Reiseführern und Stadtplänen zu erkennen waren, nahmen ihr erstes und manche auch schon ihr zweites Frühstück ein.

„*Buenos días, Mamá! Buenos días, Papá!*", begrüßte Francisco gut gelaunt seine Eltern und gab beiden einen Kuss.

„Guten Morgen, mein Schatz!", rief *Señora* Teresa, gab ihrem Sohn ebenfalls einen Kuss und drückte ihn so fest, dass Pablo schon befürchtete, sie würde Francisco zerquetschen.

„Lass mal gut sein, *Mamá*!", zischte Francisco peinlich berührt und wandt sich aus ihrer Umarmung. „Das ist Pablo, *Mamá*. Du hast ihn gestern Abend gar nicht mehr kennengelernt, weil du in der Küche so viel zu tun hattest."

„Pablo, mein Junge, hast du gut geschlafen?", erkundigte sich *Señora* Teresa und als Pablo schüchtern nickte, sprach sie in einer unfassbaren Geschwindigkeit weiter. „Das freut mich. Aber jetzt müsst ihr etwas essen. Kommt, ich mach euch *Churros* und heiße Schokolade!"

„Hast du zufällig Ramón gesehen?", fragte *Señor* Pepe seinen Sohn und räumte die Frühstücksteller, die Julio gerade auf dem Tresen abgestellt hatte, in die Spülmaschine. Missbilligend brummte er, ohne Franciscos Antwort abzuwarten: „Ist einfach nicht zur Arbeit erschienen. Komisch. Wo er doch sonst immer so zuverlässig ist. Ich hab auch schon an seine Tür geklopft. Fehlanzeige. Kein Ramón."

Francisco und Pablo schwangen sich auf zwei Barhocker und wenige Minuten später standen vor jedem ein Teller mit *Churros* und eine dampfende heiße Schokolade.

Den Kopf in die Hand gestützt, tunkte Pablo ein *Churro* in die braune Flüssigkeit und biss ein Stück davon ab. Genüsslich schloss er die Augen. „Lecker!"

„Einen *Café solo*, bitte!", bestellte ein Mann, der sich auf den gerade frei gewordenen Hocker neben Francisco gesetzt hatte. Über den Rand seiner Kakaotasse hinweg, beäugte Francisco den Gast. Er hatte den kleinen dünnen Mann mit dem Pferdeschwanz noch nie in der Bar gesehen. Aber irgendwie hatte Francisco das Gefühl, dass dieser Herr Ärger mit sich bringen würde.

„*Gracias*", bedankte sich der Mann, als Franciscos Vater ihm den gewünschten Kaffee servierte. „Ich würde gerne *Señor* Pepe Pérez sprechen. Ist das wohl möglich?"

„Der bin ich. Was gibt es denn?", fragte *Señor* Pepe und trocknete sich die Hände an einem Küchenhandtuch ab.

„Mein Name ist González", stellte sich der Mann vor. „Kommissar González."

„Bin ich schon wieder zu schnell gefahren?", rief *Señora* Teresa und warf entsetzt die Arme in die Luft.

Unbeeindruckt fuhr der Kommissar fort: „Gestern Abend hatten Sie Emilio Gutiérrez zu Gast. Stimmt das?"

Ein Lächeln huschte über *Señor* Pepes Gesicht. „Oh ja, Emilio Gutiérrez gehört zu unseren Stammgästen. Immer wenn er kommt, heißt es: *Paella.* Nichts anderes. Er liebt die *Paella* meiner Frau. Er sagt, es sei die beste der ganzen Stadt!"

Stolz legte *Señor* Pepe einen Arm um seine Frau. Der Kommissar rührte nachdenklich seinen Kaffee um. „Stammgast, sagen Sie. Hmm."

Auch wenn Francisco so tat, als ob ihn das Gespräch überhaupt nicht interessieren würde, lauschte er jedem Wort.

„Ich will nicht lange um den heißen Brei herumreden, *Señore*." Jetzt beugte sich der Mann vor und flüsterte: „Emilio Gutiérrez ist gestern Nacht mit einer Lebensmittelvergiftung ins Krankenhaus eingeliefert worden."

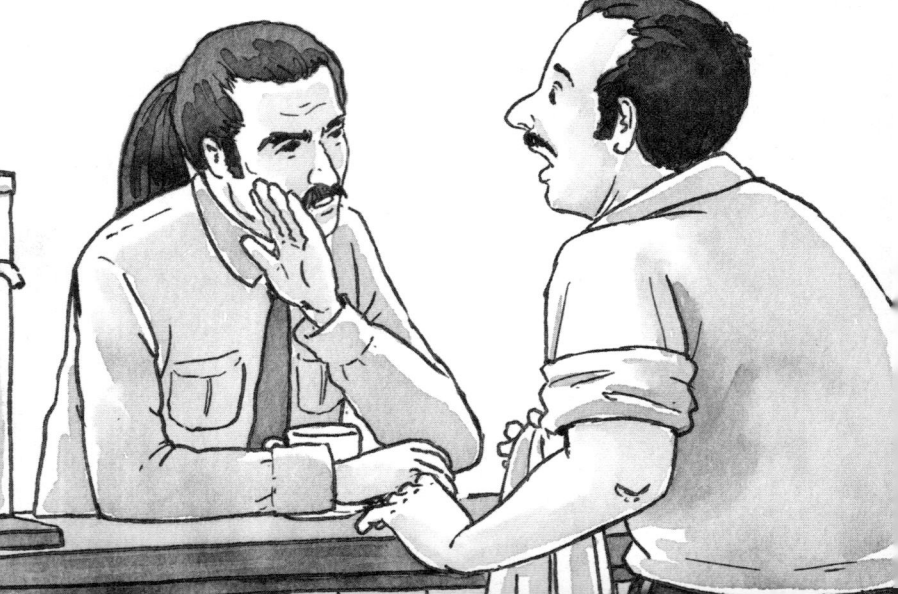

Señora Teresa bekreuzigte sich.

„Und jetzt hätte ich gerne eine Probe von der *Paella*, die er gestern Abend hier gegessen hat. Die wird dann im Labor untersucht. Sie verstehen, wir müssen der Sache nachgehen und das nicht nur, weil es einen Fußballstar erwischt hat. Das ist bei Lebensmittelvergiftungen Routine. Der einzige Unterschied ist, dass Sie jetzt normalerweise Besuch vom Ordnungsamt bekommen hätten. Doch wenn es um den Stürmerstar von Unión Madrid geht, da schicken sie mich dann los." Kommissar González seufzte und nahm einen Schluck aus der Kaffeetasse. „Wie auch immer. Es muss festgestellt werden, ob Sie sich eines Vergehens schuldig gemacht haben."

Francisco blieb der letzte *Churro*-Bissen im Halse stecken.

„Also, Herr Kommissar, ich sage Ihnen, meine Frau macht die Paella jeden Tag ganz frisch. Da gibt es nichts zu beanstanden", brabbelte *Señor* Pepe aufgeregt. „Und ob noch etwas von gestern übrig ist, weiß ich nicht. Da müsste ich Ramón fragen, einen unserer Kellner. Er isst immer ganz gerne die Reste vom Vortag und hat gestern Abend die Küche aufgeräumt. Aber leider ist er seit gestern wie vom Erdboden verschluckt."

„Hmm!" Der Kommissar kratzte sich an seinem unrasierten Kinn. „Dann sehen wir doch mal gemeinsam in der Küche nach."

„Aber selbstverständlich!" Mit einer Handbewegung forderte *Señor* Pepe den Kommissar auf, ihm in die Küche zu folgen.

„Komm mit!", flüsterte Francisco Pablo zu.

Als sie die Küche betraten, sagte der Kommissar gerade: „Sehr schön. Das macht ja alles einen sehr gepflegten Eindruck!"

„*Gracias!*", nickte *Señora* Teresa.

„Sie haben also die *Paella* zubereitet?", erkundigte er sich und öffnete den Kühlschrank. Sein beifälliges Nicken verriet, dass er mit dem Anblick der ordentlich über- und nebeneinander gestapelten Frischhalteboxen sehr zufrieden war.

„Wie immer!", antwortete *Señora* Teresa. „Ramón hat sie dann serviert."

„Carmen!", schoss es Francisco durch den Kopf. Carmen hatte Ramón die *Paella* aus der Hand genommen und sie zu dem Tisch des Fußballstars getragen. Er biss sich auf die Lippen.

Mittlerweile hatte *Señora* Teresa in einer der vielen Frischhaltedosen tatsächlich die restliche *Paella* entdeckt. Sie nahm die Dose heraus und drückte sie dem

Kommissar in die Hand. „Hier, bitte. Nehmen Sie sie ruhig mit. Aber Sie werden nichts finden. Bei mir kommt nur einwandfreies Essen auf den Tisch."

„*Gracias*", sagte der Kommissar. „Sie hören dann von mir."

Pablo stieß einen Pfiff aus. „Ist das zu fassen? Der arme Emilio! Lebensmittelvergiftung! Das ist eine ernste Sache!" Er schaute Francisco an. „Wieso machst du denn so ein komisches Gesicht?"

„Eine Drohung, eine Lebensmittelvergiftung und ein Kellner, der nicht zur Arbeit erscheint", zählte Francisco auf. „Das finde ich verdächtig!"

„Wo willst du hin?", rief Pablo und stolperte hinter Francisco her, der schon einen Nebenraum der Küche betreten hatte.

„Das hier ist Ramóns Spind. Jeder Angestellte hat einen eigenen", erklärte Francisco, als er am Türschloss zog.

„Und was suchst du da?", wunderte sich Pablo. Das Unbehagen stand ihm ins Gesicht geschrieben. „Ich glaube nicht, dass das erlaubt ist, was du da machst."

„Ich guck doch nur, was Ramón in seinem Spind aufbewahrt", verteidigte sich Francisco.

39

„Ach, du meine Güte!", rief Pablo beim Anblick des Durcheinanders.

„Siehst du, was ich sehe?", fragte Francisco.

Was hat Francisco entdeckt?

Im siebten Fußballhimmel

„Wir müssen ihn anrufen! Anrufen und warnen!", keuchte Francisco und nahm auf seinem Weg in den zweiten Stock immer zwei Stufen auf einmal. Er hatte Pablos Antwort nicht einmal abgewartet, sondern war sofort losgelaufen.

„Wen willst du warnen?", japste Pablo hinter seinem Freund her.

„Na, Emilio Gutiérrez natürlich, du Schaf. Du hast doch gesehen, was in Ramóns Spind ist", erwiderte Francisco ungnädig und stieß die Wohnungstür auf. „Ramón hat Emilio absichtlich vergiftet. Das heißt, Emilio ist in größter Gefahr!"

Da griff Pablo ihn am Arm. „Bleib doch mal stehen!"

Francisco gehorchte und drehte sich zu Pablo um.

„Ramón arbeitet in einem Restaurant. Vielleicht muss er sich über solche Dinge wie Lebensmittelvergiftungen informieren. Und deshalb hat er dieses Buch in seinem Spind", verteidigte Pablo den Kellner.

„Aber er ist kein Koch!", hielt Francisco dagegen. „Er bedient nur."

„Was ist denn in euch gefahren?" Die Jungen wir-

41

belten herum. Carmen stand plötzlich direkt hinter ihnen in der offenen Badezimmertür und steckte die letzte Haarspange in ihren Dutt. „Ihr macht einen Krach wie eine Horde Elefanten!"

„Wir brauchen ganz dringend deine Meinung!", erklärte Francisco und schob sie ins Bad zurück.

„Ich habe aber keine Zeit!", protestierte Carmen. „Ich muss in einer halben Stunde beim Flamencofestival sein."

„Darauf können wir jetzt leider keine Rücksicht nehmen!", beharrte Francisco. „Also, hör zu. Eben war ein Kommissar in der Bar ..."

Spätestens ab der Stelle mit der Lebensmittelvergiftung war Carmen ganz Ohr. „Das ist ja ein Ding!", staunte sie, als Francisco geendet hatte. „Pablo kann schon recht haben. Deine Beweise gegen Ramón sind in der Tat ein wenig dünn. Aber eins steht fest: Versehentlich holt sich in unserer Bar niemand eine Lebensmittelvergiftung. *Mamá* ist so gewissenhaft und sie kauft nur die frischesten Zutaten. Nein, Emilio muss absichtlich vergiftet worden sein."

„Und genau deshalb sollten wir ihn anrufen und warnen", sagte Francisco.

„Na gut", urteilte Carmen schließlich und zog ihr Handy aus ihrer Handtasche. „Ich rufe ihn an."

Schon hatte Carmen das Handy am Ohr. *„Buenos días*, Emilio. Hier spricht Carmen Pérez. Wir haben uns gestern in der Bar meines Vaters kennengelernt ..."

Carmen lauschte in den Hörer.

„Ich habe von deiner Lebensmittelvergiftung gehört ... Schön, dass es dir schon wieder besser geht. Trotzdem solltest du wissen, dass ... Was? Mein Interview? Morgen schon? Super! Kein Problem ... Francisco und Pablo? ..." Carmens Augen strahlten vor Glück. „Super! *Hasta luego!"*

„Was hat er gesagt?", drängelten Pablo und Francisco. Carmen steckte sich riesige Ohrringe an die Ohrläppchen. „Ich bekomme morgen mein Interview und ihr dürft beim Training von Unión Madrid zusehen!"

„Boah!", staunten die Jungen fassungslos.

„Aber du hast ihn gar nicht gewarnt!", fiel Francisco jetzt ein.

„Naja, er hat mich ja auch kaum zu Wort kommen lassen!", verteidigte sich Carmen. „Außerdem geht es ihm inzwischen schon wieder viel besser. Es war wohl nur eine leichte Vergiftung." Pablo und Francisco schauten sich zweifelnd an.

Sie schnappte sich ihre Tasche. „Und jetzt muss ich los. In der Redaktion werde ich mal den Computer anwerfen und recherchieren. Mal sehen, ob solche Zwischenfälle bei Fußballspielern häufiger vorkommen. Wäre interessant zu wissen!" Und schon sauste sie die Treppe hinunter.

Am Nachmittag des nächsten Tages wartete Carmen in ihrem roten VW Golf vor der Schule der Jungs. Fast gleichzeitig mit dem Klingeln stürmten Pablo und Francisco aus dem Schulgebäude und kletterten auf die Rückbank. Schon fädelte sich Carmen in den dichten Verkehr ein und jagte los.

„Ich habe mal ein wenig recherchiert ...", begann Carmen und schaltete einen Gang höher. „... die Sache ist in der Tat seltsam. In den letzten Monaten sind einigen Fußballspielern ungewöhnliche Dinge zugestoßen. Beim Torwart des Deportivo Valencia haben an seinem funkelnagelneuen Wagen die Bremsen versagt. Zum Glück auf einer geraden Strecke, die nicht viel befahren wird. Und der Hund eines früheren Mittelfeldspielers von Unión Madrid, Alejandro irgendwer – der hat jetzt irgendwann den Verein gewechselt – war plötzlich verschwunden. Nach dem Vereinswechsel ist er dann genauso plötzlich wieder aufgetaucht."

„Zufall!", meldete sich Pablo von der Rückbank. „Ihr macht wirklich aus einer Mücke einen Elefanten!"

„Da – da ist die Einfahrt!", rief Francisco aufgeregt. Carmen bremste neben dem Pförtnerhäuschen ab. Als der Pförtner an den Wagen trat, zückten die Jungen sofort ihre Gutscheine, aber der Pförtner winkte nur lachend ab. „Ich weiß schon Bescheid. Bitte parken Sie den Wagen da vorne. Sie werden gleich in Empfang genommen."

Zu ihrer maßlosen Enttäuschung war es nicht Emilio, der sie abholte, sondern ein hochgewachsener Mann, der sich ihnen als Marcos Fernández vorstellte. „Ich bin Emilios Manager. Er ist mein Cousin und mein einziger noch lebender Verwandter. Eigentlich sind wir wie Geschwister. Egal! Das interessiert euch bestimmt gar nicht."

„Überhaupt nicht!", dachte sich Pablo und reckte den Hals. Direkt vor ihnen jagten die Spieler von Unión Madrid in ihren Trainingstrikots über den grünen Rasen.

„Da hinten ist Emilio", sagte Marcos und deutete auf einen Spieler. „Er ist noch etwas geschwächt. Deshalb lässt er die Sache heute langsam angehen."

Carmen, Francisco und Pablo winkten Emilio zu, der mit rudernden Bewegungen zurückwinkte.

Während Carmen sich mit dem Manager unterhielt, verfolgten die Jungen begeistert das Training. Sie waren völlig unvorbereitet, als John McCullin, der millionenteure Neuzugang aus England, an ihnen vorbeijoggte.

Pablo und Francisco sahen jetzt, wie Emilio seine Teamkollegen um sich scharte und auf sie einredete. Dann winkte er den Jungen zu und brüllte über den Platz: „Wollt ihr mitspielen?"

„Die Jungs machen sich wirklich gut!", lobte Emilio, als er eine Viertelstunde später mit Pablo und Francisco zu Carmen und Marcos trat. „Hat Spaß gemacht!"

„Bist du denn jetzt auch noch fit genug für unser Interview?", fragte Carmen und zog Block und Stift hervor. Das Aufschrillen ihres Handys kam Emilios Antwort zuvor. Carmen warf einen Blick auf das Display. „Mist, das ist mein Chefredakteur. Da muss ich drangehen. – *Dígame?*" Carmen schüttelte den Kopf. „Aber ich kann jetzt nicht. Hör zu, ich stehe hier gerade mit ... Verdammter Mist!"

Eilig warf sie Handy, Block und Stift in ihre Tasche zurück. „Es tut mir so leid. Können wir das Interview verschieben? Ich muss zu einem anderen Termin, Emilio."

Der Fußballstar legte ihr einen Arm um die Schulter. „Kein Problem. Ruf mich einfach an, ja?"

„Ihr habt es gehört. Carmen muss weg", rief er den Jungen zu. „Los, bringt die Bälle noch schnell in die Kammer da vorne und dann ab mit euch!"

„Ich warte im Auto!", rief Carmen und ging leise fluchend davon.

Pablo und Francisco sprinteten in die angegebene Richtung. Als sie wieder zurückkamen, packte Francisco Pablo plötzlich am Arm und zog ihn hinter einen Container.

„Guck mal, wie Marcos auf Emilio einredet!", flüsterte er seinem Freund zu. „Sieht fast so aus, als würden sie streiten."

„Stimmt", flüsterte Pablo.

„Bin mal gespannt, worum es da geht!", sagte Francisco und legte sich einen Finger gegen die Lippen. „Psst!"

Doch trotz angestrengtem Zuhörens verstanden sie Marcos' Stimme nur sehr undeutlich: „Dchu schiehchschtch dchocchhch wchie nchahche schie anch dchicchhch rchanchkchomchmchench. Tchu wchasch schie vcherchlchanchgchench."

„Dieser verdammte Rasenmäher! Musste der genau jetzt losgehen?", schimpfte Francisco.

„Ich hab jedes Wort verstanden!", freute sich Pablo.

 *Was hat Marcos gesagt?*

Falsches Spiel

„Kommt ihr auch mal!", meckerte Carmen, als die Jungen die Autotüren hinter sich zuschlugen. Mit quietschenden Reifen schoss der Wagen los. „Ich hab es eilig, verdammt noch mal!"

Doch Carmens Gezeter war Francisco im Moment völlig egal.

„Übersetzung!", forderte er Pablo auf. „Komm schon, was hat Marcos gesagt?"

„Dieser vollkommen durchgeknallte José ... schickt mich einfach so zu einem absolut unwichtigen Termin, während ich *mein* Interview mit Emilio Gutiérrez führen könnte. Aber das kann ich ihm natürlich nicht sagen, weil er sich dann sofort einklinkt und selber das Interview übernehmen will!", schimpfte Carmen wild gestikulierend und verpasste zum Abschluss dem Lenkrad einen Klaps. „Aber dem werde ich es schon noch zeigen!"

Pablo zuckte zusammen. Schnell erzählte er Francisco, was er von dem Gespräch zwischen Emilio und Marcos mitbekommen hatte. „Aber verstehen im Sinne von begreifen tu ich das alles nicht. Was soll das bedeuten?", schloss er.

„Mann, Mann, Mann!", stöhnte Francisco auf. Dann raunte er leise vor sich hin: *„Tu, was sie verlangen.* Hm!" Francisco legte den Kopf in den Nacken. „Pablo, ich glaube, wir sind da auf ein richtiges Verbrechen gestoßen. Ich glaube, Emilio wird erpresst!"

Bei den Worten seines Freundes wurde Pablo schlagartig blass. „Aber von wem? Und warum?", keuchte er.

Francisco schaute ihn ratlos an. Dann hatte er eine Idee. Er beugte sich zu Carmen vor: „Du, Carmen ..."

„Jetzt nicht!", schnauzte seine Schwester ungnädig. „Ich muss mich jetzt erst mal abreagieren!" Damit schaltete sie den CD-Player an und drehte die Lautstärke bis zum Anschlag auf.

„Vorwärts, die Herrschaften!", trieb am nächsten Morgen die Klassenlehrerin von Pablo und Francisco, *Señora* Maria, ihre Schüler über den baumbestandenen *Paseo del Prado* zum *Museo del Prado*.

Heute war Ausflugstag und deshalb reihte sich jetzt die Schülergruppe in die lange Schlange der wartenden Schulklassen vor dem Museum ein.

„Hoffentlich müssen wir schön lange anstehen!", raunte Pablo Francisco zu. „Dann wird die Zeit im Museum kürzer. Wetten, dass wir einen Aufsatz über den *Prado* aufgebrummt bekommen?!"

Francisco nickte. „Es ist doch immer das gleiche. Erst locken sie einen mit einem Ausflug und hinterher kommt die dicke Quittung!"

Schnell warf Pablo einen vergewissernden Blick über die Schulter. Niemand beachtete sie. Da flüsterte er Francisco hinter vorgehaltener Hand zu: „Und, hast du Carmen gefragt? Was meint sie zu dem, was wir belauscht haben?"

Francisco machte eine wegwerfende Handbewegung und stöhnte nur: „Ach, Carmen. Die ist total spät nach Hause gekommen. Ich habe sie gar nicht mehr gesehen. Und heute Morgen hatte die immer noch 'ne Laune – zum Weglaufen, sag ich dir!"

„Pablo, Francisco, braucht ihr eine Extraeinladung?" Sanft aber bestimmend schob *Señora* Maria die zwei in das Museum hinein.

Nachdem sie ihre Rucksäcke abgegeben hatten, ging es los. Señora Maria überließ nun der Museumsführerin das Wort. *„Buenos días"*, begrüßte sie die Kinder. „Und herzlich willkommen im *Prado*, dem berühmtesten Museum Spaniens. Hier könnt ihr die Gemälde solch bedeutender spanischer Maler wie Goya, Velázquez und El Greco bestaunen, aber auch die von vielen ausländischen Künstlern."

„Booh, klingt das spannend!", moserte Francisco.

Da stupste ihn Pablo mit dem Ellenbogen in die Seite und zwinkerte ihm verschwörerisch zu. „Wollen wir Paninibilder tauschen?"

„Aber unauffällig!", riet Francisco und zog ganz langsam einen Stapel mit den Bildern der internationalen Fußballstars aus seiner Hosentasche.

„Nahezu alle Kunstschätze, die ihr im *Prado* sehen könnt, gehörten ursprünglich zu der königlichen Sammlung ..."

„Ich tausche einen David Beckham gegen einen Zinédine Zidane", flüsterte Francisco ins Ohr seines Freundes, als sie den nächsten Saal betraten.

„Hey, kann man mitmachen?", klinkte sich plötzlich ihr Klassenkamerad Alfredo ein. „Ich biete einen Ronaldinho gegen einen Emilio Gutiérrez."

„Da musst du schon mehr bieten!", lehnte Pablo dieses unmögliche Angebot ab, wandte sich zu Alfredo um und ... erstarrte. Erst war er sich nicht sicher gewesen, aber jetzt hatte er keinen Zweifel mehr. Keine drei Meter von ihnen entfernt, ging, den Blick auf sein Handy geheftet, Marcos an ihnen vorbei.

„Francisco, guck mal, wer da ist!" Mit beiden Händen packte Pablo Franciscos Kopf und drehte ihn nach rechts.

„Wer ist denn das?", erkundigte sich Alfredo.

„Das ist Marcos, der Manager von Emilio Gutiér-rez!", protzte Pablo. „Wir kennen beide persönlich."
Zur Bestätigung reckte er den Arm in die Luft und
rief: „*Hola*, Marcos, was machst du denn hier?"

Blankes Entsetzen spiegelte sich auf dem Gesicht
des Managers. Er wandte sich um und eilte mit lan-gen Schritten in die entgegengesetzte Richtung da-von.

„Kann sein, dass ihr den kennt, aber er kennt euch
ganz bestimmt nicht!", kicherte Alfredo. „Ihr Ange-ber!"

Bevor einer der beiden etwas erwidern konnte, stand *Señora* Maria neben ihnen und pflückte die Paninibilder aus ihren Händen. „Ihr drei kommt jetzt mal mit mir mit!"

Geschlagene vier Stunden hatte *Señora* Maria ihre Klasse durch den *Prado* geschleift. Zur Belohnung gab es jetzt ein Picknick im *Parque del Retiro*, dem früheren Privatpark der spanischen Könige. Auf den Stufen des Denkmals für Alfonso XII. streckten die Schülerinnen und Schüler erleichtert ihre müden Beine aus.

„Mann, bin ich erledigt!", beschwerte sich Francisco, zog die Schuhe aus und steckte seine heißen Füße in das Teichwasser.

Pablo waren seine Füße im Moment vollkommen egal. Er hatte Hunger. Mit schnellen Fingern wickelte er sein mitgebrachtes Sandwich mit hauchdünn geschnittenem Schinken aus und biss herzhaft hinein. Nach einem kräftigen Schluck aus seiner Limoflasche lehnte er sich zufrieden auf den Stufen zurück. „Dass Marcos uns nicht gesehen hat, ist zu ärgerlich. Jetzt denkt Alfredo, ich hätte gelogen!"

Francisco grinste Pablo über seine Colaflasche hinweg an. „Mann, Pablo, er hat uns gesehen, aber er *wollte* uns nicht sehen. So begriffsstutzig kannst doch noch nicht mal du sein!"

„Echt jetzt?" Beinahe wäre Pablo der nächste Bissen aus dem Mund gefallen.

Francisco verdrehte die Augen. „Ja. Er war richtig erschrocken darüber, uns im *Prado* zu treffen. Und da stellt sich die Frage: Warum?"

„Ich komm da nicht mit!", gab Pablo zu.

„Wenn es dich tröstet ...", sagte Francisco und legte seinem Freund eine Hand auf die Schulter. „Ich auch nicht!"

Da fiel ein Schatten auf die Jungen. Neben ihnen hatte sich Alfredo aufgebaut. Schmatzend nickte er in Richtung des Säulenganges hinter dem Denkmal. „Falls es euch interessiert. Da drüben steht der Typ, den ihr kennt, aber er euch nicht!"

Pablo und Francisco schauten in die angegebene Richtung. Halb verborgen hinter einer Säule entdeckten sie niemand anderen als Marcos.

Bevor Francisco ihn hätte aufhalten können, stürmte Pablo schon los. Er war wild entschlossen, Alfredo zu beweisen, dass er nicht gelogen hatte. Da gab es nichts. Francisco musste hinterher.

„*Hola*, Marcos!", grüßte Pablo. „Hast du uns eben nicht ..."

Jetzt erst sah er die beiden Männer. Offensichtlich hatte er die drei in einem Gespräch gestört. Das war Francisco sofort klar, als er jetzt hinzutrat. Die beiden fremden Männer schauten ihn finster an, während Marcos sich nervös durch die Haare fuhr.

Marcos räusperte sich. „Pablo, Francisco! Ehm. Ihr kommt ein wenig ungelegen. Ehm. Das hier ..." er deutete auf die beiden unheimlichen Gestalten, „... sind meine Cousins. Ich habe sie seit Jahren nicht mehr gesehen. Da haben wir uns natürlich viel zu erzählen. Deswegen. Entschuldigt uns jetzt, bitte."

Francisco zog die Stirn kraus. Den einen Mann, den kleinen mit der Glatze, hatte er noch nie gesehen. Daran könnte er sich ganz bestimmt erinnern – besonders an den auffälligen Spazierstock mit dem silbernen Stierkopf als Knauf. Aber der andere, der die Hände in den Hosentaschen vergraben hatte, ... der kam Francisco irgendwie bekannt vor. Er hatte kurze Stoppelhaare und der größte Teil seines Gesichts lag hinter einer großen Sonnenbrille und einem kunstvoll geschwungenen Schnurrbart verborgen. Viel von ihm zu sehen gab es also nicht.

Aber die drei Männer eilten bereits durch den Säulengang davon. Nein, er hatte sich bestimmt geirrt ...

„Viele Grüße an Emilio!", rief Pablo den dreien hinterher. Dann wandte er sich triumphierend zum See um. Hoffentlich hatte Alfredo das Gespräch mitbekommen.

Francisco schaute den drei Männern nach, bis er sie nicht mehr sehen konnte. Dann stand sein Urteil fest. Marcos war nicht zu trauen.

Warum denkt Francisco so?

Achtung, Verfolger!

„Hast du das gesehen?", rief Pablo Alfredo zu, der die ganze Szene versteckt hinter einer der vielen Säulen beobachtet hatte.

„Hey, boah, Alter!", staunte Alfredo. „Der Typ kennt euch ja wirklich!"

„Hab ich doch gesagt", erwiderte Pablo und verschränkte großspurig die Arme vor der Brust.

„Und vielleicht glaubst du mir jetzt auch, dass Emilio Gutiérrez einer unserer besten Freunde ist. Wir bekommen alles von ihm, was wir haben wollen. Freikarten, Autogramme, Plätze auf der Ehrentribüne im Stadion ..."

Hätte Francisco Pablo zugehört, hätte er ihn spätestens jetzt in seiner Angeberei gestoppt. Aber Francisco war mit seinen Gedanken immer noch bei Marcos.

„Alle hierherkommen!", rief *Señora* Maria ihre Schüler und Schülerinnen zusammen. „Wir wollen uns noch ein wenig über das unterhalten, was wir heute über den *Prado* und seine Kunstschätze gelernt haben, denn bis Montag erwarte ich einen Aufsatz von euch. Überschrift: Ein Tag im *Prado*!"

„Oh, nö!", meckerten die Kinder los.

Doch *Señora* Maria hob nur abwehrend die Hände. „Wenn wir alles besprochen haben, machen wir uns auf den Weg zur *Metro* und fahren zur Schule zurück. Und dann geht es ab nach Hause."

Den Rucksack nachlässig über die Schulter gehängt, trottete Francisco neben Pablo und Alfredo her. Alfredo versuchte gerade Pablo zu überreden, von Emilio Gutiérrez einen Klassensatz Autogrammkarten mit persönlicher Widmung zu organisieren.

„Das wären fünfundzwanzig Autogramme", rechnete Pablo erschrocken aus. Er schluckte und krächzte heiser. „Gar kein Problem."

„Spitze, Mann!" Anerkennend klopfte Alfredo Pablo auf die Schulter.

„In was habe ich mich da nur wieder reingeritten?",
stöhnte Pablo, als er wenig später in den Zug stieg
und sich neben Francisco auf die Sitzbank plumpsen
ließ. „Fünfundzwanzig Autogrammkarten ..."

„Wir müssen Emilio warnen!", erwiderte Francisco
plötzlich, ohne auf Pablos Bemerkung einzugehen.

Pablo zog die Stirn kraus. „Warnen? Wieso? Jetzt?"

Während Francisco so tat, als ob er sich an der Nase
kratzte, raunte er Pablo ganz leise etwas zu.

„Stimmt!", entsetzt riss Pablo die Augen auf. „Du
hast recht. Mann, das ist ja ein dicker Hund. Ist mir
gar nicht aufgefallen."

Francisco nickte. „Ich kann es auch kaum glauben.
Aber alles passt zusammen – und alles spricht gegen
ihn."

An der Schule angekommen, gingen alle ihrer Wege.

Sobald Pablo und Francisco hinter der nächsten Häuserecke verschwunden waren, kramte Francisco sein Handy aus dem Rucksack.

Aufs Äußerste konzentriert, kaute er auf seiner Unterlippe herum. „Emilios Handynummer war ... ich hab sie doch gesehen, als er sie für Carmen auf die Serviette geschrieben hat ... Moment, Moment ... ich hab es gleich ...“ Und schon huschten seine Finger über die Tasten. Er lauschte.

„*Dígame?*“, meldete sich eine Männerstimme.

„Emilio?“ Ein Lächeln huschte über Franciscos Gesicht. Sein Gedächtnis hatte ihn nicht im Stich gelassen. Er winkte Pablo näher heran und hielt den Hörer so, dass sein Freund mithören konnte.

„Emilio, hier sind Francisco und Pablo. Wir müssen dich ganz dringend sprechen. Jetzt!“

Emilio Gutiérrez atmete hörbar aus. „Das tut ihr doch gerade.“

Pablo und Francisco tauschten einen verständigenden Blick. Nein. So eine Nachricht konnte man unmöglich am Telefon verkünden.

„Können wir uns nicht treffen?“, wagte Francisco einen Vorstoß. „Es ist wirklich wichtig!“

„Na, gut. Aber nur, weil ich gerade ohnehin in der Stadt bin, okay? Ich bin auf der *Plaza Mayor*. Wann könnt ihr hier sein?", stimmte Emilio zögernd zu.

„In zwanzig Minuten", schätzte Francisco.

„Gut, dann in zwanzig Minuten an der Reiterstatue von Philipp III. Und ich hoffe, es ist wirklich so wichtig, wie ihr sagt."

„Ist es. Bis gleich!"

Francisco atmete tief aus. „Ich ruf noch schnell zu Hause an und sage Bescheid, dass es etwas später wird, sonst ruft meine Mutter noch die *policia*!"

„Mach du nur. Ich muss niemanden anrufen. Meine Eltern kommen erst heute Abend von der Arbeit zurück. Da vermisst mich keiner", erwiderte Pablo.

Als Francisco das Handy wieder in seinen Rucksack steckte, war sein Gesicht kalkweiß. „Meine Mutter heult sich die Augen aus", berichtete er. „Bei der Untersuchung im Labor haben sie drei gammelige Muscheln in dem Paellarest gefunden." Er sah seinen Freund eindringlich an.

„*Dios mío!*", seufzte Pablo.

„Die anderen Muscheln waren absolut frisch ... Verstehst du, was das heißt?"

Pablo schüttelte mit verlegener Miene den Kopf. „Deine Mutter hat Reste mitverwertet?"

„Das denkt die Polizei auch und jetzt wollen sie vielleicht unsere Bar schließen!", fauchte Francisco. „Aber meine Mutter würde nie im Leben gammelige Reste verwenden, um ein paar lausige Cent zu sparen. Dafür ist ihr eine gute Küche und die Gesundheit unserer Gäste viel zu wichtig. Nein!" Francisco schüttelte entschieden den Kopf. „Das ist der Beweis dafür, dass wirklich jemand versucht hat, Emilio zu vergiften. Der hat so ein Glück gehabt, dass die Sache so glimpflich ausgegangen ist!"

Zwanzig Minuten später betraten die beiden Freunde die von einem Gebäudeviereck umgebene *Plaza Mayor*. Im Innenhof hatten die Restaurant- und Cafébesitzer Tische und Stühle aufgebaut, an denen Madrilenen und Touristen etwas aßen oder tranken und die heiße Maisonne genossen. Von der Mitte des Platzes aus beobachtete der in Bronze gegossene Philipp III. hoch zu Ross mit gezücktem Schwert das vergnügte Treiben. Emilio lehnte mit Baseballkappe und Sonnenbrille gut getarnt am Gitter des Denkmals.

„Ich würde euch ja zu einem Eis einladen, aber ich habe es eilig", sagte er, als die Jungen zu ihm traten. „Also, was gibt es denn so Dringendes?"

„Deine *Paella* ist absichtlich vergiftet worden. Und du musst dich vor Marcos in Acht nehmen. Der spielt ein falsches Spiel!", fiel Pablo mit der Tür ins Haus, bevor Francisco eingreifen konnte. „Wir sind uns da ganz sicher. Wir haben ihn heute getroffen – mit seinen beiden Cousins", Pablo schaute Emilio eindringlich an. „Verstehst du? Mit seinen beiden Cousins."

„Mit seinen beiden Cousins?" Emilio schüttelte irritiert den Kopf. „Was redest du denn da? Er hat nur einen Cousin – mich. Wir sind wie Brüder."

„Genau", bestätigte Francisco. „Diese beiden Typen, mit denen er zusammen war ... die sahen irgendwie zwielichtig aus. Ich glaube, er führt irgendetwas im Schilde. Wir wollten dich nur vor ihm warnen. Ich meine, er kommt ja sehr nahe an dich heran, verstehst du?"

Emilios Zeigefinger flog in die Höhe. „Jetzt will ich euch beiden mal etwas sagen. Haltet euch aus meinem Leben raus! Verstanden? Marcos ist über jeden Zweifel erhaben. Für ihn würde ich beide Hände ins Feuer legen. Und was diese Paellavergiftungsgeschichte angeht ... haltet euch da einfach raus!"

Bevor Francisco etwas erwidern konnte, wirbelte Emilio auf dem Absatz herum und verschwand in einem der vier Ausgänge des Platzes.

„Hinterher!", entschied Pablo und schon jagten die beiden hinter dem Stürmerstar her. „Das müssen wir wieder geradebiegen", sagte Pablo und dachte mit Schrecken an die fünfundzwanzig Autogramme, die er Alfredo versprochen hatte.

67

Fast hatten sie Emilio eingeholt, als plötzlich eine Gestalt aus einer Seitenstraße bog und sich ebenfalls an Emilios Fersen heftete. Auch wenn sich die Person mit dem *Sombrero*, dem Schal und der Sonnenbrille große Mühe gab, unauffällig hinter Emilio herzuschleichen, fiel sie doch auf.

Francisco packte Pablo am Arm und legte den Zeigefinger gegen die Lippen. Pablo verstand. Sie verlangsamten ihre Schritte und folgten mit einigem Abstand dem Fußballstar und seinem Verfolger.

Es ging kreuz und quer durch die Stadt. Einmal glaubten die Jungen, Emilio und die Gestalt im Gedränge verloren zu haben, doch dann tanzte der große *Sombrero* wieder vor ihnen her. Zehn Minuten später passierte es dann doch. Einer der roten Doppeldecker-Touristenbusse hielt neben ihnen und spuckte eine Traube von Touristen auf den Gehsteig aus. Und die hatten natürlich nichts Besseres zu tun, als ihnen laut schnatternd den Weg zu verstellen.

„Sie sind weg!", stellte Francisco fest, nachdem sie sich durch die Menschengruppe gekämpft hatten.

„So ein Mist!", fluchte Pablo und schaute sich um. Plötzlich blitzte es in seinen Augen. „Da!" Francisco folgte Pablos Blick und sah gerade noch, wie Emilio, gefolgt von der Gestalt, eine Bar betrat.

„Nichts wie hin!", rief Francisco und im nächsten Moment drückten sie sich an dem Barfenster die Nasen platt.

Wer ist der unheimliche Verfolger?

In der Hand der Entführer

„Siehst du, was ich sehe?", fragte Francisco und ließ vor lauter Staunen den Mund offen stehen.

„*Sí!*", bestätigte Pablo knapp.

Eine Gruppe lachender Jugendlicher ging hinter den beiden vorbei und schwenkte dann in die Bar.

„Komm mit!", entschied Francisco und huschte hinter den Jugendlichen her. Pablo folgte ihm.

„Meine eigene Schwester!", stieß Francisco hervor und zerrte Pablo gerade noch rechtzeitig hinter eine Säule. Denn gerade jetzt nahm Emilio Schal und Hut von Carmen entgegen und schaute sich nach einer Ablagemöglichkeit um.

„Warum verkleidet sie sich und tut so heimlich?", überlegte Francisco. „Hast du Geld dabei, Pablo?"

Pablos Hand wanderte in seine Hosentasche. Er zog einen Fünf-Euro-Schein hervor.

„Das reicht. Komm, wir setzen uns schnell und bestellen irgendwas. Der Kellner hinter der Bar guckt schon so argwöhnisch, weil wir seine Gäste anstarren", sagte Francisco. Kaum hatten sie an einem freien Tisch Platz genommen, kam der Kellner sofort zu ihnen herüber und nahm eifrig ihre Bestellung auf.

Emilio legte beiläufig einen Arm um Carmens Schulter, warf den Kopf in den Nacken und lachte herzhaft. Wie von selbst wanderte seine andere Hand über die Theke und blieb auf Carmens Hand liegen. Carmens Augen strahlten, als ob ihr Geburtstag, Weihnachten und Ostern auf einmal wären.

Der Kellner brachte die Getränke und die Jungen beobachteten, wie Emilio sein Handy hervorzog, einen uninteressierten Blick auf das Display warf und es dann wieder in die Hosentasche gleiten ließ.

Plötzlich gab es einen lauten Knall und das Stimmengewirr in der Bar erstarb. Genau vor dem Tisch von Francisco und Pablo lagen jetzt ein Tablett und ein Scherbenhaufen. Der unglückselige Kellner riss die Arme in die Luft und ergoss einen wahren Sturzbach von Flüchen auf das zerdepperte Geschirr. Alle, wirklich alle, starrten jetzt zu Pablo und Francisco herüber – auch Carmen und Emilio.

„Verdammter Mist!", zischte Francisco und machte sich so klein wie möglich. Aber es war zu spät. Sie waren entdeckt. Schon durchquerte Carmen, den Fußballstar an der Hand, die Bar. „Was macht ihr denn hier?", wunderte sie sich.

„Ich schätze, die beiden sind mir gefolgt", sagte Emilio.

„Gefolgt? Aber ...!" Ahnungslos breitete Carmen die Hände aus.

Drei schrille Piepstöne ließen Emilios Hand automatisch in seine Hosentasche fahren. „Entschuldigung!", sagte er, betrachtete das Handydisplay und ging einige Schritte zur Seite.

„Was soll das?", zischte Carmen ihren Bruder an. „Seid ihr noch ganz dicht? Emilio zu verfolgen?"

Francisco verschränkte die Arme vor der Brust und lehnte sich auf seinem Stuhl zurück. „Hast du dich mal zu Hause gemeldet?", fragte er mit herausfordernder Miene.

Carmen zuckte mit den Schultern. „Nö, sollte ich?"

Im Telegrammstil bekam Carmen nun die Neuigkeiten von den alten Muscheln, der möglichen Barschließung und Marcos seltsamem Verhalten zu hören.

„Deshalb haben wir uns mit Emilio getroffen", beendete Pablo die Zusammenfassung der Ereignisse. „Aber anstatt dankbar zu sein, ist er nur sauer geworden und abgedüst. Eigentlich sind wir nur hinter ihm her, weil wir uns bei ihm entschuldigen wollten."

Carmen hatte es die Sprache verschlagen und sie musste sich erstmal setzen.

„Arme *Mamá*!", seufzte sie schließlich. Ihr Blick wanderte zu Emilio, der, zur Salzsäule erstarrt, sein Handy ans Ohr presste. Dann beugte Carmen sich zu den Jungen vor: „Die schlechten Muscheln waren also wirklich für Emilio bestimmt."

Pablo und Francisco nickten.

Emilio glitt auf den freien Stuhl neben Carmen und vergrub den Kopf in den Händen. Als er wieder aufschaute, sah er um Jahre gealtert aus. Er holte tief Luft. „Kann ich euch vertrauen?" Sein Blick huschte von Carmen zu Francisco und dann zu Pablo. Alle drei nickten. Der Fußballstar fuhr sich durch die schwarzen Haare. „Ihr wisst sowieso schon zu viel. Da könnt ihr auch gleich alles erfahren. Aber ihr müsst mir versprechen, den Mund zu halten und euch aus der Sache rauszuhalten." Wieder nickten die drei. Aber unter der Tischplatte überkreuzten Pablo und Francisco ungesehen die Finger.

„Also!" Die vier steckten die Köpfe zusammen.

„Ich werde erpresst!" Emilios Satz schlug ein wie eine Bombe. „Von einer internationalen Wettmafia. Diese Leute manipulieren Spiele. Das heißt, sie beeinflussen den Spielverlauf. Sie bezahlen Fußballer dafür, dass sie schlecht spielen. Es geht dabei um Wetten mit hohen Einsätzen. Verdammt viel Geld ...", Emilio machte eine kurze Pause. „Am Wochenende beim Spiel gegen Barcelona soll ich schlecht spielen. Tore verschießen und wenn nötig, sogar ein Eigentor fabrizieren. Hauptsache Barcelona gewinnt."

„Aber das ist ja Pfusch!", entrüstete sich Pablo.

Der Fußballer seufzte schwer. Carmen ergriff seine Hand und drückte sie.

„Genau", bestätigte Emilio. „Es verstößt gegen die Regeln. Und ich wollte dabei nicht mitmachen. Marcos hat mich immer wieder gewarnt. Aber ich wollte nicht auf ihn hören. Über den Drohbrief habe ich nur gelacht."

„Meinst du den Zettel, auf dem stand, dass sie jederzeit an dich rankommen?", warf Francisco ein.

„Davon wisst ihr also auch", staunte Emilio.

„Erst als ich mit der Lebensmittelvergiftung im Krankenhaus lag, wurde mir so langsam klar, dass mit diesen Leuten nicht zu scherzen ist", gestand Emilio. „Und trotzdem wollte ich immer noch ein Ehrenmann bleiben und mich nicht am Wettbetrug beteiligen. Marcos hat Kontakt zu den Erpressern aufgenommen. Er wollte mit ihnen reden."

„Du musst sofort zur Polizei gehen!", forderte Pablo. „Sofort!"

„Ich begleite dich auch!", bot Carmen an. Emilio hob matt die Hand.

„Dafür ist es jetzt zu spät! Die Kerle haben Marcos. Sie lassen ihn erst gehen, wenn das Finale entschieden und Barcelona spanischer Meister ist."

Francisco legte sich erschrocken die Hand vor den Mund. Erst eine Erpressung, dann eine Vergiftung und jetzt eine Entführung. Diese Kerle waren gefährlich.

„Sie haben eben angerufen. Mit unterdrückter Rufnummer. Solche Anrufe nehme ich aus Prinzip nicht entgegen. Da haben sie auf die Mailbox gesprochen."

Liebevoll legte Carmen den Arm um Emilio.

„Darf ich den Text mal hören?", fragte Francisco. Wortlos reichte Emilio ihm sein Handy.

„Sie haben eine gespeicherte Nachricht", sagte die Computerstimme, als Francisco die Mailbox abfragte. „Erste neue Nachricht. Heute 18.30 Uhr." Es rauschte. Das Brausen und Hupen von vorbeifahrenden Autos war zu hören. Dann eine Stimme: „Wir haben Marcos." Eine andere Stimme mischte sich aus größerer Entfernung dazwischen. „Heute in diesem Thea..." Dann drängte sich wieder die Erpresserstimme in den Vordergrund. „Du weißt, was du tun musst." Ein „... Carmen ..." mischte sich zwischen die Worte. Dann schloss der Erpresser seine Nachricht ab: „Keine Polizei. Das versteht sich ja wohl von selbst." Die andere Stimme sagte noch: „... letzte Vorstellung." Dann brach die Verbindung ab.

Nachdem Pablo sich die Aufnahme auch angehört hatte, nahm Emilio ihm das Handy aus der Hand und stand auf. „Ihr seht, ich kann die Polizei nicht einschalten."

Er hielt Carmen die Hand entgegen, die sie sofort ergriff. Gemeinsam verließen sie die Bar. Völlig verdattert blieben die beiden Freunde zurück.

Es war Francisco, der als erster die Sprache wiederfand. „*La cuenta, por favor*", winkte er dem Kellner zu. Als der Kellner den braunen Unterteller mit der Rechnung brachte, fragte Pablo: „Haben Sie eine Tageszeitung?"

„Ich bringe sie euch", antwortete der Kellner freundlich und keine zwanzig Sekunden später blätterte Pablo die Seiten um.

Geistesabwesend kramte er den Fünf-Euro-Schein hervor und legte ihn auf den braunen Unterteller.

„Was machst du denn da?", wunderte sich Francisco kopfschüttelnd.

„Ich suche etwas", gab Pablo zurück.

„Ach, was!"

Der Kellner kam, verbeugte sich kurz und nahm das Tellerchen mit sich.

„In der Nachricht steckt nämlich ein möglicher Hinweis", erklärte Pablo. „Der ist mir sofort aufgefallen!"

Francisco legte skeptisch die Stirn in Falten. Das wäre ja mal ganz was Neues!

Plötzlich erstarrte Pablo. „Da, Francisco. Jetzt wissen wir, von wo der Erpresser angerufen hat!"

Yelmo Cineplex Ideal
Der Agent ohne Namen
Ein Film, der unter die Haut geht.
20.00 Uhr, 23.15 Uhr

Cines Princesa
Popcorn zum Frühstück
Romantische Komödie. Britney
kes kann sich einfach nicht
scheiden. Wer soll ihr Favorit
rden: der unverschämt gut
aussehende Surfer-Boy Danny, der
arrogante Mike oder – Popcorn?
18.00 Uhr, 20.15 Uhr, 23.15 Uhr

Cines Verdi Madrid
Action Quest III
Bombastischer Abschluss der
Action-Trilogie!
18.15 Uhr, 20.30 Uhr, 23.30 Uhr

Teatro Muñoz Seca
Mord in Madrid
Spannender Krimi nach
Javier Nuego
20.00 Uhr

Teatro Real
Georges Bizets Carmen
Heute letzte Aufführung – schnell
noch Karten sichern!
20.00 Uhr

Teatro Calderón
König der Löwen
Das Broadway-Musical von Elto
John und Tim Rice
19.45 Uhr

Wo befand sich der Erpresser zum Zeitpunkt seines Anrufes?

Dem Täter
auf der Spur

Pablo tippte mit dem Zeigefinger auf eine der Anzeigen. „Im *Teatro Real* wird heute Abend zum letzten Mal die Oper *Carmen* aufgeführt", sagte er stolz, weil ihm auch endlich mal etwas aufgefallen war. „Der Erpresser muss direkt vor dem Theater gestanden haben, als ein Kartenabreißer oder so im Hintergrund gerufen hat."

„Pablo, du wirst mir unheimlich!", raunte Francisco anerkennend.

Pablo presste die Lippen aufeinander, bevor er vorschlug: „Fahren wir hin?"

„Und was wollen wir dann da? Meinst du, der Erpresser steht da rum und wartet auf uns?" Francisco schüttelte den Kopf.

Aber Pablo war schon auf den Beinen und zerrte an Franciscos Arm. „Das Theater ist unsere einzige Spur. Komm, lass uns hinfahren. Wenn wir nichts herausfinden, haben wir es zumindest versucht!"

„Na gut", lenkte Francisco wenig begeistert ein.

Mit der Metro waren sie in wenigen Minuten an der Station *Opera*. Während sie die Station verließen, zückte Pablo sein Handy. „Ich schicke meiner Mutter mal schnell eine SMS, dass ich heute Nacht bei dir schlafe. Ist das okay für dich?"

„Klar!", erwiderte Francisco, als sie auf den prunkvollen Theaterbau zugingen. Vor dem Haupteingang drängten sich schon die erwartungsfrohen Opernbesucher. Taxis kamen, Theatergäste stiegen aus und Taxis fuhren weiter. Plötzlich zupfte Francisco Pablo am T-Shirt und deutete mit ausgestreckter Hand auf einen Mann. Er hielt vier Papierstreifen in der Hand, wedelte damit in der Luft herum und rief: „Noch vier Logenkarten zu verkaufen. Für *Carmen*. Heute Abend letzte Vorführung in diesem Theater. Meine Damen und Herren, nutzen Sie die Chance!"

„Da ist ja unser Kartenverkäufer!", freute sich Pablo. Er kniff die Augen zusammen und ließ seinen Blick über die Leute schweifen. Auch Francisco schaute sich suchend um. Doch weder die beiden finsteren Gestalten aus dem Park noch sonst jemand Verdächtiges fiel ihnen auf.

Schließlich zuckte Pablo mit den Schultern. „Es war ein Versuch!", murmelte er hoffnungslos. „Und zwar ein ziemlich idiotischer. Tut mir leid, Francisco. Ich weiß auch nicht, was ich erwartet habe."

„Macht doch nichts!", erwiderte Francisco. „Du hast schon ganz recht. So haben wir es wenigstens versucht." Er schüttelte ungläubig den Kopf. „Kannst du dir vorstellen, dass es Leute gibt, die Fußballspieler kaufen oder erpressen, damit sie schlecht spielen? Der arme Emilio. Und die ganzen Fans, die betrogen werden. Unglaublich!"

„Alles Betrug!", stimmte Pablo seinem Freund zu. Gemeinsam schlenderten sie in Richtung Bushaltestelle. „Bin ich froh, dass ich nicht in Emilios Haut stecke. Mann, ist das schrecklich! Entweder liefert er seinen Cousin oder seine Mannschaft ans Messer. Ganz schön mies!"

Francisco und Pablo blieben neben dem Zeitungskiosk stehen und betrachteten gedankenverloren die ausliegenden Zeitungen und Zeitschriften. Direkt vor ihnen lag ein Stapel der *Golear*! Und ob Francisco wollte oder nicht, er musste sich die Überschrift nach dem großen Spiel zwischen Madrid und Barcelona vorstellen. Wenn nichts geschah, stand der Sieger jetzt schon fest: *Barcelona ist Meister. Madrid geht unter. Emilio Gutiérrez versagt.* Gerade wollte sich Francisco mit einem tiefen Seufzer abwenden, als er plötzlich unsanft zur Seite geschoben wurde und gegen Pablo prallte.

„He!", meckerte er los. Seine Stimme erstarb. Denn der Hand, die gerade nach einem Exemplar der Sportzeitung griff, fehlte die Kuppe am Zeigefinger. Franciscos Gedanken überschlugen sich.

„*Gracias*", bedankte sich der Mann beim Zeitschriftenverkäufer und nahm sein Wechselgeld entgegen.

Jetzt gab es keinen Zweifel mehr. Die Stimme kannte er doch! Kalter Schweiß trat auf Franciscos Stirn. Er packte Pablo und schob ihn, so schnell und unauffällig er nur konnte, um den Zeitungskiosk herum.

„Hast du ihn gesehen?", japste er und schielte um die Ecke.

„Wen?"

„Na, Ramón!", zischte Francisco.

„Der ist doch verschwunden", gab Pablo arglos zurück.

„*Dios mío!*", stöhnte Francisco. „Er ist da drüben und kauft sich gerade die *Golear!*"

Wieder schielte Francisco um die Ecke und sah, wie Ramón mit der *Golear!* in der Hand zum Theater hinaufging.

„Naja, kein Wunder, dass du ihn nicht erkannt hast", gab Francisco zu. „So, wie er jetzt aussieht, ist er ja auch kaum wiederzuerkennen. Aber ich habe seine Hand gesehen und seine Stimme gehört. Kein Zweifel, der Kerl da ist Ramón – da kann er sich noch so gut verkleiden! Und wenn er wirklich etwas mit der ganzen Vergiftungsgeschichte zu tun hat, dann führt er uns vielleicht zu Marcos!"

„Worauf warten wir dann noch?", fragte Pablo und schon rannten die beiden über den Platz. Sie sahen gerade noch, wie Ramón im Theatergebäude verschwand.

„Noch zwei Karten, meine Damen und Herren. *Carmen*, heute zum letzten Mal in diesem Theater!", rief der Kartenverkäufer, als die Jungen an ihm vorbeisprinteten. Schon wollte Pablo durch die Tür huschen, als ihm der Weg verstellt wurde.

„Ohne Eintrittskarte kein Einlass!", sagte ein Mann, der so groß und kräftig war wie ein Baum.

„Oh, ja, klar!", stammelte Pablo und ging langsam rückwärts. „Daran hab ich im Moment gar nicht gedacht."

Sofort ging Francisco in Gedanken den Inhalt seines Rucksacks durch: ein angekautes Brot, eine Colaflasche und ein Apfel. Das war's.

„Bitte, bitte, haben Sie doch ein Herz!", flehte Pablo mit großen traurigen Augen den Türsteher an. „Mein Freund und ich sind große Opernfans. Wir lieben *Carmen*. Bitte. Wir haben kein Geld für Karten. Wir müssen auch gar nicht sitzen. Wir stehen die ganze Zeit. Oh, bitte, drücken Sie doch mal ein Auge zu und lassen uns so rein. Davon wird das Theater doch nicht ärmer. Bitte, bitte ..." Pablo sprudelte wie eine über-schäumende Flussquelle.

„Schon gut, mein Junge!", lachte der baumgroße Mann. „Dann huscht mal durch."

„*Gracias*", hauchten Pablo und Francisco, als sie schnell durch die Tür verschwanden.

Im Theaterfoyer drängten sich die schick gekleide-ten Operngäste und schlürften vor dem ersten Akt noch in aller Ruhe ein Gläschen Sekt. Francisco und Pablo drückten sich an der Wand lang und hielten nach Ramón Ausschau. Ein tiefer Gong hallte durch das Theater. Die Aufforderung für die Besucher, ihre Plätze aufzusuchen. Die Vorstellung würde also gleich beginnen. Fieberhaft suchten die Jungen weiter nach Ramón. Aber sie konnten keine Spur von dem ehe-maligen Kellner entdecken. Die Menschen verließen das Foyer. Pablo und Francisco mit ihnen.

„Komm mit!", raunte Pablo seinem Freund zu und

winkte ihn zu einer abgelegenen Treppe. „Hier geht es zu den billigen Plätzen. Dort oben ist es sehr heiß, weil man so nahe an den Scheinwerfen sitzt. Meistens sitzen hier oben die Studenten, weil sie sich keine besseren Karten leisten können." Die Tür, deren Klinke Pablo jetzt runterdrückte, gab die Sicht frei auf eine Reihe einfacher Stühle und eine Balustrade.

„Woher weißt du das alles?", wunderte sich Francisco.

Pablo winkte ab. „Meine Mutter ist der Opernfan bei uns in der Familie. Und ein Mal hat sie mich hierher mitgenommen. Ich kann dir auch erzählen, worum es in *Carmen* geht. Willst du es wissen?"

Ohne Franciscos Antwort abzuwarten, ratterte Pablo los: „Eine Frau. Zwei Männer. Eifersucht. Mord."

„Ah ja!", nickte Francisco.

Obwohl schon einige Plätze besetzt waren, fanden sie noch zwei Stühle direkt an der Brüstung, von der aus die Scheinwerfer die Bühne beleuchteten.

Pablo beugte sich vor und blickte in den Zuschauerraum hinunter. „Mal sehen", flüsterte er. „Vielleicht können wir ihn von hier aus entdecken!"

Doch Pablo hatte gerade mal die ersten Reihen abgesucht, da wurde es schon dunkel, der Vorhang hob sich und der erste Akt begann.

„Mein Gott, ist das langweilig!", stöhnte Francisco nach einer Weile und rutschte unruhig auf seinem Stuhl hin und her „Wie lange müssen wir es denn hier noch aushalten? Ramón ist bestimmt schon über alle Berge."

„Nee, ist er nicht!", lächelte Pablo. Er hatte wohl im Moment eine richtige Glückssträhne!

Wo ist Ramón?

Kampf der Giganten

„Komm mit!", flüsterte Pablo Francisco zu. Gebückt schlüpften sie aus ihrer Reihe und auf den Gang hinaus.

„Wo willst du hin?", fragte Francisco, als er hinter Pablo die Treppen in Richtung Theaterausgang hinuntersprang.

„Zum Bühnenausgang!", keuchte Pablo.

„Warum? Ich verstehe überhaupt nichts mehr!", beschwerte sich Francisco und folgte Pablo aus dem Theater hinaus und um das Gebäude herum. Die Sonne war bereits untergegangen und die Lichter der Großstadt erhellten die Nacht.

„Komm hier hin, hinter den Vorsprung!", sagte Pablo und zerrte seinen Freund zu sich in eine dunkle Ecke. Von hier aus hatten sie die Tür zum Bühnenausgang im Blick, ohne selbst gesehen zu werden.

„Jetzt spann mich nicht länger auf die Folter!", drängte Francisco. „Was tun wir hier?"

„Wir warten auf Ramón. Er scheint als Bühnenarbeiter zu arbeiten. Er stand hinter einer Kulisse und las die *Golear*! Daran habe ich ihn zuerst erkannt. Wenn er nichts mehr zu tun hat, spätestens aber, wenn die Oper zu Ende ist, wird er durch diesen Ausgang das Theater verlassen und dann heften wir uns an seine Fersen. Mit ein wenig Glück führt er uns zu Marcos!", erklärte Pablo aufgeregt seinen Plan.

Die Geduld der zwei wurde hart auf die Probe gestellt. Der Minutenzeiger auf Franciscos Uhr schien sich einfach nicht fortbewegen zu wollen. Die Müdigkeit krabbelte ihnen langsam den Nacken hinauf und die Beine wurden ihnen schwer. Da – nach einer geschlagenen Stunde öffnete sich endlich die Tür.

Sofort waren die Freunde wieder hellwach. Ein Mann trat in das Licht der Außenlampe. Er trug einen Schnurrbart und die ehemals kinnlangen Haare waren jetzt raspelkurz, aber es war kein Zweifel möglich: Dieser Mann war Ramón, der bis vor wenigen Tagen als Kellner in der Bar von Franciscos Eltern gearbeitet hatte. Und plötzlich fiel es Francisco wie Schuppen von den Augen. Es war derselbe Mann, dem sie in derselben Verkleidung und mit in den Hosentaschen vergrabenen Händen am Mittag im *Parque del Retiro* begegnet waren.

„Wir müssen ihm einen Vorsprung lassen!", zischelte Francisco, so leise er nur konnte, und trotzdem kam ihm seine Stimme viel zu laut vor. „Sonst bemerkt er uns."

Wie aus dem Nichts schossen plötzlich zwei leuchtende Scheinwerfer auf den Bühnenausgang zu. Ein schwarzer Mercedes stoppte, eine der hinteren Türen öffnete sich, während ein silberner Stierkopf im Lampenlicht aufblitzte. Ramón glitt auf die Rückbank.

Die Tür schloss sich und der Wagen raste in die Nacht davon.

„Was war das denn?", wunderte sich Pablo.

„Das war der andere Typ aus dem Park", raunte Francisco. „Der mit dem Spazierstock. Verdammt!" Wütend trat er gegen eine Flasche, die irgendjemand achtlos auf den Weg geworfen hatte. „Da hinten verschwindet gerade unsere letzte Spur!"

Der Tag der Entscheidung war gekommen. Im *Estadio Santiago Bernabéu* war die Hölle los. Das Stadion brodelte. Mit Gesängen und Rufen feuerten die Fans von Unión Madrid und vom Centro Barcelona ihre Mannschaft an, als die Fußballer ins Stadion einliefen. Carmen, Francisco und Pablo waren bestimmt die einzigen Zuschauer im Stadion, die lange Gesichter zogen – und das, obwohl Emilio sie mit den besten Plätzen versorgt hatte. Für sie gab es einfach nichts zu jubeln. Marcos war immer noch verschwunden und Emilio hatte sich, um das Leben seines Cousins nicht zu gefährden, geweigert, die Polizei zu verständigen. Man musste also kein Wahrsager sein, um zu wissen, wie das Spiel ausgehen würde. Nach neunzig Spielminuten würde der Sieger Barcelona heißen.

„Mir ist ganz schlecht!", gestand Francisco und in der Tat war sein Gesicht weiß wie ein Bettlaken.

Versteckt unter ihrem großen *Sombrero* seufzte Carmen: „Der arme Emilio!"

Anpfiff!

„Ich kann gar nicht hinsehen!", jammerte Pablo, als Emilio sich ohne großen Widerstand von einem Gegner den Ball abnehmen ließ. Centro Barcelona war im Ballbesitz und geschickt arbeiteten sich die Spieler mit eleganten Spielzügen auf das gegnerische

Tor zu. Der Stürmer von Barcelona schwang sein Bein, der Torwart von Madrid ließ sich täuschen und sprang in die falsche Ecke. Die Fans des Centro Barcelona jubelten auf. Eins zu null für Barcelona.

Jetzt waren die Spieler von Madrid am Zug. Der Spieler mit der Nummer 9 erkämpfte sich den Ball und preschte vor, mit ihm jagten seine Teamkameraden auf das gegnerische Tor zu. Da! Emilio stand frei. Die Nummer 9 gab den Ball an ihn ab. In der Kurve der Unión-Madrid-Fans stand für einen Moment die Zeit still. Pablo, Francisco und Carmen hielten den Atem an. Wie der Wind fegte Emilio auf das Tor zu. Nur er und der Torwart. Vielleicht fiel sein kurzes Zögern nur den drei Freunden auf. Wie ein Hammer traf sein Fuß und der Ball schoss wie eine unhaltbare Kugel durch die Luft – und verschwand im Publikum.

„Ich mag mir das nicht länger mitansehen!", entschied Francisco und stand auf. „Kommt jemand mit?"

In diesem Moment sah er sie. Auf den riesigen Stadionbildschirmen, über die gerade die Wiederholung von Emilios Patzer flimmerte, hatte er Marcos entdeckt. Er stand direkt hinter dem Tor, rechts und links flankiert von Ramón und dem Mann mit dem Spazierstock. Schon saß Francisco wieder auf seinem Platz zwischen Carmen und Pablo. „Schnell, seht auf die Bildschirme!", wies er die zwei an.

„Aber das ist doch ...", stammelte Carmen.

„... Marcos mit seinen Entführern!", führte Pablo den Satz zu Ende.

„Sie wollen Emilio daran erinnern, dass sie Marcos in ihrer Gewalt haben", knurrte Francisco. „Los, Pablo. Die schnappen wir uns!"

„Francisco!", rief Carmen. Doch da waren die Jungen schon in der Menschenmenge verschwunden.

„Ach herrje, ach herrje!", stöhnte Carmen und tippte die 112 in ihr Handy ein. „*Hola*, hier ist Carmen Pérez, können Sie mich bitte mit Kommissar González verbinden? Sagen Sie ihm, es geht um Emilio Gutiérrez! Und schnell bitte!"

Francisco und Pablo kamen nur sehr langsam voran. Das Stadion war bis auf den letzten Platz ausverkauft. Die zwei mussten sich mit Ellenbogen und Händen den Weg frei kämpfen, sonst wären sie keinen Zentimeter vorwärtsgekommen. Sie hatten es fast bis zum Aufgang geschafft, als die Kurve mit den Barcelona-Fans aufjubelte. Zwei zu null für Barcelona.

„Voran!", keuchte Francisco. Da schoss eine Hand nach vorne, packte Francisco am Kragen und zerrte ihn zurück.

„He!", brüllte ihm ein rotgesichtiger Mann ins Ohr. „Kannste mal aufpassen? Du bist mir mitten auf den Fuß gelatscht!"

„*Perdone!*", entgegnete Francisco schnell. „Aber wir haben es eilig!"

„Ich habe es gleich auch mal eilig!", sagte der Mann und richtete sich zu seiner vollen Größe auf. „Das Spiel läuft schon bescheiden genug, da muss ich mich nicht noch von so 'nem Dreikäsehoch anrempeln lassen!"

„Gibt es ein Problem?" Dankbar strahlte Francisco den Polizisten an, der vom Aufgang aus alles beobachtet hatte. Augenblicklich ließ der Mann Francisco los, woraufhin sich die Jungen so schnell sie konnten zu dem uniformierten Polizeibeamten retteten.

„*Gracias*", hauchte Pablo.

„Sie müssen uns helfen!", verlangte Francisco.

Ein Lächeln breitete sich auf dem Gesicht des Polizisten aus. „Das hab ich doch gerade schon!"

Francisco schüttelte den Kopf. „Es ist jetzt zu kompliziert, Ihnen alles zu erklären. Aber es geht um das Spiel und um Emilio Gutiérrez."

Das Lächeln wich einer besorgten Miene. „Der ist heute echt schlecht in Form!", urteilte der Polizist betrübt.

„Darum geht es ja gerade. Hören Sie zu ..." Und noch während der Polizist ungläubig Franciscos Worten lauschte, knackte es in seinem Funkgerät. Kommissar González meldete sich und gab den Stadionpolizisten seine Anweisungen.

Keine Minute später stürmten Pablo und Francisco mit dem Polizisten auf Marcos und die zwei Verbrecher am Spielfeldrand zu. Ramón und der Mann mit dem Spazierstock hatten kaum begriffen, was vor sich ging, als sie in die entgegengesetzte Richtung davonstoben. Unglaublich behände arbeiteten sie sich durch die Menschenmassen bis zum Tribünenabgang. Doch von allen Seiten kamen jetzt Polizisten und schnitten den Verbrechern den Weg ab. Umso erstaunter waren alle, als Ramón und sein Komplize plötzlich verschwunden waren.

„Sie können nicht weg sein. Überall versperren ihnen Polizisten den Weg", sagte Francisco und kniff die Augen zusammen.

Wo haben sich die Verbrecher versteckt?

In letzter Sekunde

Die Verbrecher leisteten keinen Widerstand, als ihnen die Handschellen angelegt wurden. Die Übermacht der Polizei war zu groß. Da war jedes Aufbegehren zwecklos.

„Aha, Manuel der *Stierkopf*! Und sein treuer Handlanger Antonio, der *Finger*, der sich diesmal Ramón nennt", stellte Kommissar González fest, als er wenig später im Stadion eintraf. „Da ist uns ja ein fetter Fisch ins Netz gegangen." Der Kommissar wandte sich an Pablo, Francisco und Carmen, die in der Zwischenzeit Marcos eingesammelt hatte und mit ihm hinter den Jungen hergelaufen war. „Unser Manuel hier ist nämlich kein unbeschriebenes Blatt. Es ist nicht das erste Mal, dass er ein Fußballspiel manipuliert, um richtig dick abzusahnen. Er ist sogar der Kopf der größten Wettmafia in ganz Spanien."

Pablo konnte nicht anders, er musste anerkennend pfeifen. Da hatten er und Francisco den größten Wettmafioso Spaniens geschnappt!

„Abführen!", befahl der Kommissar.

„Emilio muss sofort erfahren, dass ich frei bin", meldete sich Marcos zu Wort. „Sofort!"

„Ja, das muss er!", pflichtete Carmen ihm bei.

„Aber wie?", stutzte der Kommissar. „Wir können ja schlecht eine Pappe hochhalten."

„Aber wir könnten ...", Francisco hielt seinen Mund ganz nah an das Ohr des Polizisten und zischelte ihm etwas zu.

„Hervorragende Idee!", lobte Kommissar González und drehte sich zu den uniformierten Polizeibeamten um. „Ich brauche mal ein Funkgerät!"

Alle lauschten gespannt, als der Kommissar seine

Anweisungen gab. „Alle auf die Bildschirme schauen!", rief er.

Im einen Moment zeigten die Bildschirme noch zwei Spieler im gnadenlosen Kampf um den Ballbesitz und im nächsten sahen sich Francisco, Pablo, Marcos und Carmen um ein Vielfaches vergrößert und für das ganze Stadion gut sichtbar über die Bildschirme flimmern. Jetzt zoomte die Stadionkamera auf Marcos. Nur noch er war zu sehen. Aufgeregt winkte er und hielt den Daumen hoch. Das war das Zeichen für Emilio, dass Marcos frei und in Sicherheit war.

Unmut machte sich unter den Fußballfans breit. Sie wollten das Spiel sehen und nicht sekundenlang den zuversichtlich grinsenden Manager von Emilio Gutiérrez. Die ersten Fans fingen an zu buhen. Irritiert schauten sich die Fußballspieler um und spätestens jetzt musste Emilio seinen Cousin gesehen haben. Er preschte los und eroberte den Ball, um dann unaufhaltbar auf das gegnerische Tor zuzujagen. Die Stadionbildschirme zeigten, wie er die gegnerischen Verteidiger austrickste – und dann schoss er. Der Ball donnerte auf das Tor zu. Der Torwart von Centro Barcelona hatte keine Chance. Der Anschlusstreffer ging ins linke obere Eck. Zwei zu eins. Die Aufholjagd hatte begonnen.

„Auf den spanischen Meister!", prostete am Abend Emilio Gutiérrez seinen Mannschaftskameraden, Pablo, Francisco und Marcos zu, während er Carmen fest im Arm hielt. „Unión Madrid! Wir sind die Champions!"

Jubel brandete in der Bar von Franciscos Eltern auf, Gläser klirrten aneinander. Mit einem Endergebnis von drei zu zwei hatte Unión Madrid Barcelona am Ende in die Knie gezwungen. Und alle drei Treffer hatte niemand anderer als Emilio Gutiérrez erzielt.

„Was für ein Tag!", seufzte Emilio und gab Carmen einen schmatzenden Kuss. Und nicht nur Emilio strahlte wie ein Honigkuchenpferd. Auch *Señora* Teresa und *Señor* Pepe bewirteten glücklich wie noch nie ihre Gäste. Mittlerweile hatte Ramón gestanden, alte Muscheln in die *Paella* des Fußballstars gemischt zu haben. Damit war *Señora* Teresas Ruf als hervorragende und gewissenhafte Köchin wiederhergestellt.

„Ich habe noch eine Frage", meldete sich Pablo zu Wort. „Wusste Centro Barcelona eigentlich von der Spielmanipulation?"

Emilio schüttelte entschieden den Kopf. „Centro Barcelona ist genauso ehrenhaft wie Unión Madrid. Keiner von uns hätte die Ehrlosigkeit, einen unverdienten Pokal nach Hause zu tragen. Wir wollen alle die Besten sein, aber nur durch eigene Leistung und nicht durch Erpressung oder Bestechung."

„*Salud!*", rief Marcos und nahm einen Schluck Sekt.

„Kommissar González!" Carmen winkte den frisch eingetroffenen Polizisten zu ihnen herüber.

„Komme ich zu spät?", fragte der Kommissar.

„Nein, Sie sind gerade noch rechtzeitig, um mit uns zu feiern", erwiderte Emilio und reichte dem Polizisten ein Glas Sekt. Doch der schüttelte den Kopf. „Ein Glas Wasser, bitte. Ich bin im Dienst. Da darf ich keinen Alkohol trinken."

„Gibt es etwas Neues?" Francisco sah den Kommissar erwartungsvoll an.

Kommissar González breitete die Hände aus. „Wie Marcos euch bestimmt erzählt hat, hatten die Verbrecher ihn im Keller vom *Teatro Real* versteckt. Ramón hatte dort zur Tarnung den Job eines Bühnenarbeiters angenommen. So war er an die Schlüssel gekommen. Schon seit Jahren erledigt er die schmutzige Arbeit für Manuel, den *Stierkopf*." Er nahm sein

Wasserglas von der Bar und trank in schnellen Zügen. „Wir haben da in ein richtiges Wespennest gestochen. Manuel sitzt auf der Wache und singt wie ein Vögelchen. Spuckt einen Namen nach dem anderen aus. Alles Leute, die an illegalen Sportwetten in ganz Europa beteiligt sind!"

Der Kommissar straffte die Schultern. „So, ich muss weiter. Dann wünsche ich noch einen schönen Abend." Er hatte sich schon zum Gehen gewandt, als er sich noch ein Mal umdrehte. „Noch eine Sache. Das nächste Mal, wenn es Probleme gibt, bitte sofort bei mir melden!" Mit erhobenem Zeigefinger verließ er die Bar.

„So!", sagte Pablo entschlossen und stellte sein Wasserglas auf dem Tresen ab. „Genug gefeiert!"

„Wieso das denn?", wunderte sich Francisco und zog die Stirn kraus.

Pablo legte den Kopf schief. „Na, wir haben noch einiges zu tun. Schließlich müssen wir noch unseren Aufsatz fertig schreiben. Ein Tag im *Prado*."

„Och nö!" Francisco fasste sich an die Stirn. „Ich würde viel lieber einen Aufsatz über *uns* schreiben. Darüber, wie wir den spanischen Fußball gerettet haben. Das wäre mal ein interessantes Thema! Blöder Ausflug ..."

„Sag das nicht!", meinte Pablo und wackelte mit dem Zeigefinger. „Wären wir nicht im *Prado* gewesen, dann hätten wir …"

Francisco legte seinem Freund den Arm um die Schulter. „… Marcos nicht getroffen und …"

„… dann wären wir Manuel, dem *Stierkopf*, und Ramón, dem *Finger*, nicht begegnet …", strickte Pablo den Satz weiter.

„Und dann hätten wir Emilio nicht …" Der Rest ging im allgemeinen Stimmengewirr unter.

Lösungen

Finalfieber
Vergleicht man die Mannschaftsaufnahme von Unión Madrid mit dem Mann, der links an der Wand sitzt, so erkennt man einen der Spieler wieder.

Eine erstaunliche Entdeckung
Auf dem Zettel steht: „Wir kommen dir so nahe, wie wir wollen. Jederzeit. Und wir werden es dir beweisen."

Paella unter Verdacht
Francisco hat ein Buch mit dem Titel „Lebensmittelvergiftungen" entdeckt.

Im siebten Fußballhimmel
Durch das Rauschen des Rasenmähers hat sich hinter jedem Konsonanten ein „ch" eingeschlichen. Streicht man es weg, dann hat Marcos gesagt: „Du siehst doch, wie nahe sie an dich rankommen. Tu, was sie verlangen."

Falsches Spiel
Francisco ist aufgefallen, dass Marcos gelogen hat. Auf dem Trainingsgelände hatte er den Jungen und Carmen erzählt, dass Emilio sein Cousin und einziger noch lebender Verwandter sei. Deshalb können die beiden Männer keine Cousins von ihm sein.

Achtung, Verfolger!
Es ist Carmen. Ihr Gesicht ist im Spiegel zu erkennen.

In der Hand der Entführer
Er muss sich in der Nähe des *Teatro Real* aufgehalten haben. Denn dort wird an diesem Abend die Oper *Carmen* aufgeführt. Auf der Mailbox war eine Stimme zu hören, die die letzte Vorstellung von *Carmen* in diesem Theater angekündigt hat.

Dem Täter auf der Spur
Ramón befindet sich hinter einer der Kulissen und liest die *Golear*! Scheinbar arbeitet er als Bühnenarbeiter.

Kampf der Giganten
Unter dem Erfrischungsstand sieht man eine Hand und ein Stück von einem Spazierstock. Dort haben sich Ramón und der andere Mann versteckt.

Glossar

buenos días: guten Morgen

buenas tardes: guten Abend

café solo: schwarzer Kaffee

Carmen: Oper von Georges Bizet

churros: in heißem Öl frittiertes Gebäck, das anschließend
mit Zucker bestreut wird

derecha: rechts

Dígame?: Hallo? (am Telefon)

dios mío: mein Gott

Estadio Santiago Bernabéu: Fußballstadion in Madrid

gracias: danke

guay: super

hasta luego: tschüss

hola: hallo

idiota: Idiot

izquierda: links

La cuenta, por favor!: Die Rechnung, bitte!

Madrid: spanische Hauptstadt

Maldita sea!: Verdammt noch mal!

Metro: U-Bahn

Museo del Prado: weltberühmtes Kunstmuseum in Madrid

muy bien: sehr gut

Paella: ein Gericht aus Safranreis, Meeresfrüchten und
Hühnchenfleisch

Parque del Retiro: Park in Madrid

Paseo del Prado: Straße in Madrid, an der sich drei der

wichtigsten Museen Spaniens befinden, u. a. das
Museo del Prado

Perdone!: Entschuldigung!

Pisto: ähnelt Ratatouille

Plaza Mayor: einer der größten Plätze in Madrid

policia: Polizei

portero: Torwart

Qué tal?: Wie geht's?

Salud!: Prost!

Señor: Herr

Señora: Frau

sí: ja

Tapas: kleine Appetithäppchen

Teatro Real: Opernhaus in Madrid

Spanien –
das Land der sonnigen Küsten

Spanien liegt gemeinsam mit seinem westlichen Nachbarn Portugal auf der Iberischen Halbinsel, wobei Spanien den weitaus größeren Flächenanteil einnimmt. Im Nordwesten grenzt Spanien an Frankreich und das Fürstentum Andorra.

Mit einer Gesamtfläche von über 500000 Quadratkilometern gehört Spanien zu den größten Ländern Europas.

Spanien ist ein sehr küstenreiches Land. Die Inseln nicht mitgerechnet, hat Spaniens Festland eine Küstenlänge von über 3100 Kilometern. Im Norden bis Nordwesten grenzt Spanien an den Atlantischen Ozean, im Osten bis Südosten an das Mittelmeer. Im Südwesten trifft das Land auf den Golf von Cádiz. Zwischen dem südlichsten Zipfel Spaniens und Marokko (Afrika) befindet sich die Straße von Gibraltar. So wird der enge Wasserweg genannt, der das Mittelmeer mit dem Atlantischen Ozean verbindet. Der Ort Gibraltar, der dieser Wasserstraße den Namen gegeben hat, befindet sich zwar auf der Iberischen Halbinsel, gehört aber nicht, wie man vermuten könnte, zu Spanien, sondern zu Großbritannien.

Es gibt aber auch noch zwei spanische Städte, die nicht auf der Iberischen Halbinsel, sondern in Nordafrika liegen – nämlich Ceuta und Melilla.

Natürlich darf man die spanischen Inseln nicht vergessen, auf denen die Deutschen so gerne Urlaub machen: die Balearen (Ibiza, Mallorca, Menorca und Formentera), die im Mittelmeer liegen, und die Kanaren (La Palma, La Gomera, El Hierro, Teneriffa, Gran Canaria, Fuerteventura und Lanzarote), die sich im Atlantischen Ozean vor der Nordwestküste Afrikas, mehr als 1000 Kilometer entfernt vom spanischen Festland, befinden.

Spanien besteht hauptsächlich aus Gebirge und Hochland. Die Meseta, eine Hochfläche, befindet sich im Zentrum des Landes. Die Pyrenäen und die Sierra Nevada sind die höchsten Gebirgszüge Spaniens.

In Spanien leben rund 46 Millionen Menschen. Die Hauptstadt ist Madrid. Von hier aus wird das Land regiert und hier lebt auch der König mit seiner Familie. Da Spanien die Staatsform einer parlamentarischen Demokratie hat, ist König Juan Carlos I. zwar das Regierungsoberhaupt, hat aber hauptsächlich repräsentative Aufgaben.

Klima

An den Küsten Spaniens herrscht Mittelmeer- bzw. Atlantikklima. In der Mitte des Landes werden die Sommer heiß und trocken und die Winter kalt.

Der wärmste Monat des Jahres ist im ganzen Land der August. Je weiter man sich dem Süden nähert, desto weniger regnet es. In den höheren Gebirgen schneit es sehr häufig und oft sehr heftig.

Sprachen

Die Amtssprache Spaniens wird *Castellano* oder auch Kastilisch genannt, was wir Spanisch nennen.

Aber auch wenn man Spanisch sprechen kann, kann es passieren, dass man in manchen Gegenden kein Wort versteht. Denn Spanien besteht aus vielen unterschiedlichen Landesteilen. In Katalonien, also in und um Barcelona, sprechen die Menschen Katalanisch, im Baskenland Baskisch, in Galicien Galicisch und in Valencia Valencianisch. Aber keine Sorge, sie alle verstehen und sprechen auch Spanisch.

Für ungefähr 450 Millionen Menschen ist Spanisch ihre Muttersprache.

Alles eineinhalb Stunden später ...

In den Sommermonaten ist es in weiten Teilen Spaniens so heiß, dass es niemand in der Mittagssonne aushält. Die Geschäfte werden geschlossen, zumindest die kleinen ohne Klimaanlage. Es ist die Zeit der Siesta – der Mittagsruhe. Erst am späten Nachmittag gegen halb fünf Uhr öffnen viele Geschäfte wieder ihre Türen, die dann bis acht Uhr geöffnet bleiben. Sonntags sind die Geschäfte geschlossen.

Am Abend, wenn sich die Luft etwas abgekühlt hat, strömen die Spanier ins Freie. Sie treffen sich in Bars oder auf Plätzen und genießen das Leben, das sie an den Rhythmus der Sonne und der Hitze angepasst haben.

Da sie abends länger wach sind als wir in Deutschland, stehen die Spanier auch später auf. Zum Frühstück essen sie nur eine süße Kleinigkeit. Das Mittagessen gibt es dann irgendwann zwischen zwei und vier Uhr mittags. Zu Abend essen die Spanier erst gegen acht Uhr – allerdings nur, wenn sie zu Hause essen, denn die Restaurants servieren das Abendessen frühestens ab neun Uhr. Damit den Spaniern zwischen den Mahlzeiten der Magen nicht bis in die Kniekehlen herabhängt, nehmen sie in der Zwischenzeit *Tapas*, kleine Häppchen, zu sich. Das können Fleischklöße, Oliven, Sardellenfilets, geräucherter Schinken, Salate oder fantasievoll mit Wurst, Käse, Paprika, Tomaten oder Fisch belegte Baguettescheiben sein.

Zum Frühstück und auch zwischendurch sind die *Churros* sehr beliebt. Der frisch frittierte Teig wird in Zucker gewendet und dann in dickflüssige heiße Schokolade getaucht. Hmmm!

Die *Paella* ist ein Gericht aus Safranreis mit Erbsen, Muscheln, Garnelen und Hühnchenfleisch, das in einer Eisenpfanne zubereitet wird. Sehr zu empfehlen!

Wer gehört zu wem?

In Spanien ist das mit den Nachnamen so eine Sache.
Denn die Kinder heißen nie genauso wie ihre Eltern –
und irgendwie aber doch. Klingt kompliziert, ist es
aber nicht. Mutter und Vater haben jeder einen Doppelnamen. Die Mutter heißt zum Beispiel Carmen
Sánchez López und der Vater heißt Ronaldo Jimenéz
González. Nun bekommt ihr Kind den ersten Nachnamen des Vaters und den ersten Nachnamen der
Mutter, also heißt das Kind mit Nachnamen Jimenéz
Sánchez. Allerdings wird der zweite Nachname im
täglichen Gebrauch häufig weggelassen.

Fußball

Fußball ist der Volkssport in Spanien. Dabei ist den
Spaniern ihre Nationalmannschaft nicht so wichtig,
dafür aber ihr Heimatverein. Der wird mit Leib und
Seele angefeuert.

Im spanischen Fußball ist die Abwehr eher uninteressant. Auf die Stürmer kommt es an, die wie Jongleure kunstvoll den Ball ins gegnerische Tor befördern, schnell, gewandt und ideenreich spielen.

Rezept: Spanisches Tomatenbrot

Dieses Rezept ist lecker als Vorspeise oder einfach mal für zwischendurch.

Zutaten für eine Person:
1 Scheibe Toastbrot
1 saftige Tomate
1 Knoblauchzehe
ein wenig Olivenöl
1 Prise Salz

Zubereitung:
Der Toast wird im Toaster knusprig gebacken. Dann putzt du die Knoblauchzehe, halbierst sie und reibst sie über das Brot. Als nächstes halbierst du die Tomate und reibst sie auch über das Brot. Dabei darfst du gerne ein wenig drücken, denn so können Tomatensaft und Fruchtfleisch in das Brot eindringen.

Nun musst du das Brot noch salzen und mit ein wenig Olivenöl beträufeln. Aber Vorsicht: Nimm nicht zu viel, sonst wird das Ganze zu ölig und labberig! Fertig ist das spanische Brot.

Buen provecho! (Guten Appetit!)

Alexandra Fischer-Hunold wurde 1966 in Düsseldorf geboren. Sie studierte Germanistik und Anglistik und arbeitete im Anschluss daran bei einem Kölner Reiseführerverlag. Seit einiger Zeit schreibt sie erfolgreich Kinderbücher und Vorlesegeschichten. Alexandra Fischer-Hunold lebt mit ihrem Mann, ihrer Tochter und ihrem Hund in Westfalen.

Joachim Krause wurde 1968 in Kempen am Niederrhein geboren und lebt heute mit seiner Frau und seinen beiden Kindern in Jever. Er studierte an der Fachhochschule in Münster Grafikdesign und illustriert seit 1997 freiberuflich Spiele und Kinderbücher für verschiedene Verlage.

Ratekrimis aus aller Welt!

Verbrecherjagd
am Mount Everest

Die Millionen-
Dollar-Verschwörung

Diamantenraub
um Mitternacht

Auf der Flucht
durch Tokio

Weitere Titel aus der Reihe:

· Jagd auf die Juwelendiebe
· Koalas spurlos verschwunden
· Verrat im Tal der Könige
· Verschollen im Regenwald
· Zum Dinner ohne Alibi
· Der Dieb mit der roten Maske
· Im Visier der Schmugglerbande

TATORT GESCHICHTE

Historische Ratekrimis

Geschichte erleben und verstehen!

Das Orakel des Schamanen
Ein Ratekrimi aus der Steinzeit

Überfall im Heiligen Hain
Ein Ratekrimi aus der Zeit der Germanen

Der Tempel der tausend Masken
Ein Ratekrimi aus der Zeit der Maya

Die Rückkehr des Feuerteufels
Ein Ratekrimi aus der Zeit der Wikinger

Weitere Titel aus der Reihe:

- Anschlag auf Pompeji
- Der Mönch ohne Gesicht
- Der Geheimbund der Skorpione
- Falsches Spiel in der Arena
- Fluch über dem Dom
- Gefahr für den Kaiser
- Rettet den Pharao!
- Spurensuche am Nil

Ratekrimis mit Aha-Effekt!

Weitere Titel aus der Reihe:

- · Anschlag auf die Buchwerkstatt
- · Der gestohlene Geigenkasten
- · Ein Fall für den Meisterschüler
- · Verrat unterm Sternenhimmel
- · Das Geheimnis der Dracheninsel